BASTEI
LÜBBE

BASTEI LÜBBE JERRY COTTON IM TASCHENBUCH-PROGRAMM:

JERRY COTTON

Inferno in L.A.

Kriminalroman

BASTEI LÜBBE

BASTEI LÜBBE TASCHENBUCH
Band 31 483

1. Auflage: September 2001

Vollständige Taschenbuchausgabe

Bastei Lübbe Taschenbücher
ist ein Imprint der
Verlagsgruppe Lübbe

Originalausgabe

Lektorat: Peter Thannisch
Titelillustration: Johnny Cris
Umschlaggestaltung: QuadroGrafik, Bensberg
Satz: Fotosatz Steckstor, Rösrath
Druck und Verarbeitung:
AIT SA, Trondheim, Norwegen
Printed in Norway

ISBN 3-404-31483-2

Sie finden uns im Internet unter
http://www.bastei.de
oder
http://www.luebbe.de

Der Preis dieses Bandes versteht sich einschließlich der gesetzlichen Mehrwertsteuer

Prolog

»... verläuft entlang der Westküste der Vereinigten Staaten der sogenannte ›Ring of Fire‹ – ein Gebiet, an dem zwei tektonische Platten aufeinandertreffen und das dadurch in besonderer Weise seismische Aktivitäten hervorruft.

Im Jahr 1906 machte ein Erdbeben der Stärke 8,3 San Francisco dem Erdboden gleich.

1971 erschütterte ein Beben der Stärke 6,1 Los Angeles und forderte 65 Menschenleben.

Die Bewohner der amerikanischen Westküste, insbesondere die Einwohner von Los Angeles, haben gelernt, mit diesem Damoklesschwert, dieser ständigen Bedrohung zu leben. Kleinere Beben gehören für die Menschen in L.A. zum täglichen Leben, zu den Banalitäten des Alltags, die man wahrnimmt, ohne ihnen große Bedeutung beizumessen.

Doch obwohl es nicht gerne ausgesprochen wird, gehen Seismologen und Geologen auf der ganzen Welt davon aus, dass die Erdbeben, die in den letzten Jahren Kalifornien heimgesucht haben, nur Vorgeplänkel waren, nur einen Hauch von dem vermittelten, was eines Tages über die Stadt hereinbrechen wird: Ein vernichtendes Erdbeben von katastrophalen Ausmaßen, dem vor allem die Slums in den Südbezirken der Stadt zum Opfer fallen werden.

Die Einwohner von L.A. nennen dieses Beben ›The Big One‹ ...«

aus ›City at Stake‹
von Dr. Mike Drexler,
Seismologisches Institut Los Angeles

1.

Vor dem Sturm

Für Mike Drexler war es ein Tag wie jeder andere.

Ein gewöhnlicher Tag in Los Angeles, mit Sonnenschein, Smog, Verkehrschaos und allem anderen, was das Leben an der Westküste schön und erstrebenswert macht.

Der Tag begann mit Routine.

Die Fahrt zur Arbeit.

Die Einsatzbesprechung mit Dr. Fellner, dem Leiter der Forschungsabteilung.

Danach die tägliche Routine.

Daten erfassen, sie auswerten, Vergleichsprotokolle erstellen.

Wäre es nach Mike gegangen, hätte er den verdammten Job längst hingeworfen und sich einen besseren gesucht, vielleicht auf Hawaii oder auf Island, jedenfalls an einem Ort, wo ein Seismologe arbeiten *durfte* …

Schon oft hatte sich Mike gefragt, wieso sich eine Stadt wie Los Angeles überhaupt ein Institut für seismologische Forschungen leistete, wenn die Machthaber doch nicht wollten, dass dort ernsthafte Forschungen betrieben wurden.

Mehrmals schon hatte Mike seine Vorgesetzten gewarnt.

Er hatte ihnen von seinen privaten Forschungen erzählt, von den Thesen, die er aufgestellt hatte – und sie hatten ihn nur ausgelacht. Sie hatten ihm gesagt, dass er seine Theorien für sich behalten solle, wenn er es am Institut zu etwas bringen wolle. In Los Angeles »Erdbeben« zu rufen, wäre ungefähr so, als würde man an der Küste von Long Island lauthals »Haie!« brüllen …

Dabei war sich Mike so sicher.

Schon seit seinem Studium beschäftigte er sich intensiv mit dem ›Ring of Fire‹ und den dazugehörigen Phänomenen, hatte die Erdbeben der letzten Jahre genau analysiert – und er war sich sicher, darin eine Tendenz festzustellen. Eine Tendenz zu steigender Intensität von Beben zu Beben.

Mike war sich sicher, dass ›The Big One‹ bevorstand.

Vielleicht nicht heute, vielleicht nicht morgen.

Aber das große Beben würde kommen – und den entfesselten Urkräften der Natur würde es verdammt egal sein, ob das Bürgermeisteramt etwas von ihnen wissen wollte oder nicht.

Mit der üblichen Routine ging Mike die Aufzeichnungen durch, die die Seismografen die Nacht über ausgespuckt hatten, ließ sie vom Computer auf Auffälligkeiten untersuchen.

Er verschluckte sich fast am Kaffee, als das Terminal plötzlich Alarm schlug. Eine Auffälligkeit war festgestellt worden, eine Anomalie.

Eine halblaute Verwünschung auf den Lippen, ließ sich Mike die betreffende Stelle der Aufzeichnung auf den Schirm geben.

Wahrscheinlich handelte es sich nur um eine der üblichen Fehlmeldungen. Die Geräte waren derart empfindlich, dass schon die geringste Erschütterung ausreichte, um sie zu …

Der junge Wissenschaftler hielt den Atem an, als er den betreffenden Abschnitt der seismografischen Aufzeichnung betrachtete.

Das war keine Fehlfunktion.

Mike ließ sich den Abschnitt vergrößern, betrachtete die Werte, bei denen der Seismograf ausgeschlagen hätte.

Es war ganz sicher keine Fehlfunktion.

Gegen 10.38 p.m. hatte es ein Beben gegeben. Zu schwach, als dass man es oberhalb der Erdkruste hätte spüren können – aber tief dort unten schien etwas vor sich zu gehen …

Die Erschütterung hatte ansteigende Tendenz.

Mike ließ sich einen Ausdruck davon geben, suchte dann weiter nach Anomalien. Es dauerte nicht lange, bis das Programm erneut fündig wurde.

Schon eine halbe Stunde später hatte es erneut eine Erschütterung gegeben.

Nach weiteren dreißig Minuten noch eine.

So war es die ganze Nacht über gegangen, bis zum Morgengrauen. Und jedesmal waren die Stöße ein wenig stärker geworden.

Kein Zweifel.

Dort unten, tief unter der Erdoberfläche, braute sich etwas zusammen – und wenn man die gemessenen Daten in Relation zu anderen Vorbeben setzte, die gemessen wurden, so war es etwas verdammt Großes …

Mike fühlte, wie sich seine Nackenhaare sträubten.

Rasch rief er eine Reihe weiterer Auswertungsprogramme auf, stellte noch einige Vergleiche an. Dann loggte er sich in den Zentralcomputer des seismologischen Instituts ein und rief die aktuellen Messungen ab.

Tatsächlich.

Vor nicht einmal fünf Minuten hatte es tief unter der Erde eine weitere Erschütterung gegeben – zu schwach, als dass die Alarmgeber des Instituts sie erfasst hätten. Nur Mikes Auswertungsprogramm, das im Zuge seiner Forschungen jede auch noch so kleine Eruption meldete, hatte die Unregelmäßigkeiten entdeckt.

Mike sichtete die Daten eingehend, kam zu einem Ergebnis, das ihn einerseits freute, ihm andererseits vor Angst den Atem nahm.

Die gute Nachricht war, dass die These, die er aufgestellt und an deren Beweis er in den letzten beiden Jahren hartnäckig gearbeitet hatte, sich zu belegen schien: Die Zunahme der Intensität der Beben folgte einer exponentiellen Kurve.

Die schlechte Nachricht war, dass dadurch schon in wenigen Stunden die Intensität der Erdstöße sprunghaft ansteigen würde.

Noch nie hatte Mike erlebt, dass ein Erdbeben sich derartig lange und gleichmäßig ankündigte.

Im Grunde hatte er nur eine Erklärung dafür – und sie ließ ihn erschauern.

›The Big One‹ kündigte sich an …

Der Laden hieß ›Hank's Donut World‹, und sah man mal von ›Nancy's Coffee Shop‹ in Pasadena ab, wurden hier die mit Abstand besten Schmalzkringel der Stadt gebacken.

Will Cotton hatte sich angewöhnt, Donuts am Stück zu essen – irgendwie war er zu der Überzeugung gelangt, dass sich ihm nur auf diese Weise der absolute Genuss bot. Erneut nahm der junge FBI-Agent einen der appetitlich duftenden Kringel vom Teller, machte den Mund auf und stopfte ihn sich hinein.

»Mmh«, schwärmte er mit vollem Mund, »Apple'n'Spice – meine Lieblingssorte …«

Special Agent Donna Sullivan, die ihm an dem kleinen Fenstertisch gegenüber saß, sandte Will einen missbilligenden Blick. Sie kannte ihren ungestümen

Partner inzwischen gut genug. Vor allem wusste sie, dass er gelegentlich über die Stränge schlug. Aber hin und wieder benahm sich Will Cotton geradezu wie ein Schwein.

Sein kurzes Haar stand wie immer wirr in alle Richtungen. Er trug eine knorrige Lederjacke, und seine verwaschenen Jeans steckten in Cowboystiefeln.

»Was?«, fragte der junge G-man genervt, als er merkte, dass ihn seine Partnerin anstarrte.

»Nichts«, gab Donna unterkühlt zurück und strich sich das lange Haar aus ihrem hübschen Gesicht. »Ich dachte nur gerade, dass du eine Zierde für den FBI bist, Will Cotton. Das ist alles.«

»Lass den Blödsinn.« Will griff nach einer Serviette, wischte sich mit einem fahrigen Geste den Mund ab. »Was kann ich dafür? Donuts sind eine Leidenschaft von mir.«

»Ja, ich weiß.« Donna verdrehte die Augen.

»Ich stehe nun mal auf Süßes«, meinte Will grinsend in Anspielung auf seine amourösen Abenteuer.

»Und auf Cholesterin stehst du wohl auch?«, gab Donna schlagfertig zurück. »Nimm dir ein Beispiel an mir, Cotton. Orangensaft und ein Müsli-Riegel.«

»Das erklärt manches«, meinte Cotton nur.

»Erklären? Was, bitte, soll denn das erklären?«

»Das willst du bestimmt nicht wissen.«

»O doch, und ob ich das will!« Donna beugte sich über den Tisch, blickte Cotton fest in die Augen. »Raus mit der Sprache, aber sofort!«

»Naja, du ... du bist kein Genussmensch«, erwiderte Will. »Du hast einen süßen Schmollmund und eine nette Figur, und das war's dann auch schon. Denn du hast keine Ahnung davon, dass man sich mal was gönnen sollte. Wie man mal ordentlich die Sau fliegen läßt. Kein Wunder, dass deine Kerle ...«

Er unterbrach sich, ahnte, dass es besser war, wenn er nicht weitersprach.

»Ja?«, fragte Donna, und er sah ihr an, dass sich in ihr etwas zusammenbraute – wie ein Vulkan, der kurz vor dem Ausbruch stand. »Sprich dich nur aus, Partner …«

»Naja, die Typen, mit denen du zusammen bist – sieh sie dir doch nur mal an.«

»Was soll mit ihnen sein?«

»Ein Harvard-Absolvent, der in einer Anwaltskanzlei arbeitet. Ist ja fürchterlich interessant. Dann ein Gitarrist von den Los Angeles Philharmonikern …«

»Violinist«, verbesserte Donna schmollend.

» … und ein Steuerberater, der auf Songs von Barry Manilow steht«, fuhr Will unbeirrt fort. »Ganz ehrlich, Donna! Du bist noch nicht mal dreißig! Das sind keine Dates, das ist ein Witz!«

»Ach ja?«, schnaubte die junge FBI-Agentin, und ihre schmalen Brauen zogen sich wütend zusammen. »Nur zu deiner Information: Ich *mag* die Musik von Barry Manilow! Mit wem soll ich denn deiner Meinung nach ausgehen? Mit irgendwelchen Proleten, die Cowboystiefel und Lederjacken tragen, die sie nach ein paar Bierchen zu viel voll kotzen?«

»Zumindest hättest du dann ein wenig Spaß«, konterte Will.

»Spaß? Du meinst wie diese Models, mit denen du zusammenwohnst? Von einer Party zur nächsten? Von einem Typen zum anderen? Das soll Spaß sein?«

»Ich meine nur, dass du ein bisschen lockerer sein solltest, das ist alles. Du solltest ein bisschen unverkrampfter sein und mehr aus dir herausgehen. Du könntest …«

Will unterbrach sich plötzlich, und Donna, die schon eine geharnischte Erwiderung auf der Zunge hatte, merkte verblüfft, dass er auf einmal an ihr vorbeiblickte.

»Was ist, Cotton?«, zischte sie. »Sind dir die blöden Argumente ausgegangen?«

»Nein«, gab Phil halblaut zurück, jetzt plötzlich ernst. »Da ist grade ein Typ durch die Tür gekommen. Wenn du mich fragst, sieht er wie ein ausgemachtes Arschloch aus – und unter seiner Jacke trägt er eine ziemlich verdächtige Beule.«

»Was?« Der ohnehin nur oberflächliche Zorn verschwand schlagartig aus Donnas Zügen. Langsam, um keinen Verdacht zu erregen, wandte sich die FBI-Agentin um und sah, dass ihr Partner Recht hatte.

Der Mann, der gerade das Lokal betreten hatte, sah tatsächlich nicht sehr vertrauenswürdig aus – ein Weißer Mitte dreißig, mit abgetragenen Klamotten und einer hässlichen Narbe im Gesicht. Er hatte beide Hände in die Taschen seines Parkas versenkt, der auf einer Seite wesentlich mehr ausgebeult war als auf der anderen.

»Verdammt«, sagte Donna halblaut. »Was jetzt?«

Es war helllichter Vormittag, und das Lokal war gut besucht. Wenn der Kerl Stunk anfing, würde es höchstwahrscheinlich Opfer geben …

»Wart's ab«, meinte Will grinsend, während er auf seine schmuddelige Lederjacke deutete. »Jetzt wirst du sehen, wozu solche Klamotten gut sind …«

Damit erhob er sich von seinem Stuhl, und noch ehe Donna auch nur ein Wort sagen konnte, bewegte sich der G-man bereits auf den verdächtigen Zeitgenossen zu. Wills Schritte waren dabei unsicher und wankend – so, als ob er schon zu so früher Stunde zu tief in die Flasche geschaut hätte …

»B-bist du das, Sal?«, lallte er dem Verdächtigen entgegen, der vor dem Tresen stand und so tat, als würde er die Speisekarte studieren. »Hey, Mann – lang nicht mehr gesehen …«

Der Angesprochene blickte sich um, schaute, ob nicht ein anderer gemeint war. Da sonst niemand am Tresen stand, fiel diese Möglichkeit allerdings aus.

»Sag mal, Sal, kennst du mich nicht mehr? Ich bin's, Will! Dein alter Kumpel …«

»Scheiße, Mann!«, zischte der Kerl im Parka unfreundlich. »Verschwinde! Ich kenn dich nicht und kann dich jetzt nicht brauchen!«

»Hey, Sal! Was'n los mit dir? Du warst doch sonst nich' so'n arroganter Kerl …«

Will hatte sich dem Verdächtigen bis auf wenige Schritte genähert. Er konnte das nervöse Zucken im Gesicht des anderen sehen, das unruhige Flackern in seinen Augen.

Der Typ hatte nicht damit gerechnet, angesprochen zu werden. Jetzt überlegte er fieberhaft, was zu tun war – und fasste einen folgenschweren Entschluss.

Mit einer bitteren Verwünschung auf den Lippen riss der Kerl seine rechte Hand aus der Tasche, die den klobigen Griff einer 44er Magnum umschlossen hielt.

»Halts Maul!«, herrschte er Will an. »Alle auf den Boden und Geld her, sonst …«

Weiter kam er nicht.

Denn in diesem Augenblick verwandelte sich der scheinbar Betrunkene in eine gut geölte Kampfmaschine. Mit einem gewaltigen Satz sprang Will Cotton vor, packte die Waffenhand des Ganoven und riss ihn mit der Wucht seines Ansturms von den Beinen.

Der Mann mit der Narbe gab einen dumpfen Schrei von sich und drückte den Abzug. Ein Schuss löste sich aus seiner Waffe und jagte in die Decke. Die Gäste im Lokal schrien erschreckt auf, flüchteten sich unter die Tische.

In wütender Umklammerung wälzten sich der G-man und der Räuber über den Boden, bearbeiteten sich dann gegenseitig mit Fäusten und schenkten sich nichts.

Dann, plötzlich, war der Narbenmann oben – und presste Will den Lauf der Magnum an die Stirn.

Der junge G-man erstarrte.

»Keinen Furz, du blöder Penner!«, zischte ihn der Ganove an. »Ich weiß nicht, wer du bist, aber es war ein großer Fehler, dich in meine Angelegenheiten zu mischen!«

»Und ich weiß nicht, wer Sie sind, Sir«, sagte plötzlich die Stimme einer jungen Frau, die neben ihm stand und ihm den Lauf ihrer SIG Sauer an die Schläfe hielt, »aber ich weiß, dass sich Ihr Gehirn trefflich als Donut-Füllung verwenden lässt, wenn Sie nicht augenblicklich die Waffe weglegen!«

Der Narbenmann zuckte zusammen.

»Tja, Großer«, meinte Will mit unschuldigem Grinsen, »ich würde mir das gut überlegen. Die Lady meint es ernst, so viel steht fest …«

Der Ganove gab eine Verwünschung von sich, schien einen Augenblick zu überlegen. Dann schüttelte er resignierend den Kopf und legte die Waffe weg.

Will raffte sich auf und ergriff ihn, packte den Kerl auf den Tresen und legte ihm Handschellen an, während Donna ihm unter allgemeinem Beifall der Gäste seine Rechte herunterbetete.

Sie war gerade fertig, als das Handy an ihrem Gürtel trillerte.

»Ja?«, meldete sie sich rasch.

»Agent Sullivan, hier ist SAC Steel«, drang die Stimme ihres Vorgesetzten aus dem kleinen Gerät. »Wo, zum Henker, stecken Sie?«

»Äh, in einem Coffee Shop in Downtown L.A., Sir. Agent Cotton und ich haben gerade einen Delinquenten verhaftet, der …«

»Was immer Sie grade tun«, fiel Steel ihr in seiner gewohnt rauhbeinigen Art ins Wort, »hören Sie auf, zu spielen, und kommen Sie unverzüglich ins Office. Es gibt hier *Arbeit* für Sie.«

»Verstanden, Sir«, erwiderte Donna – und das Gespräch war zu Ende. Auf Wills fragenden Blick hin sagte sie nur »Steel« – und er wusste Bescheid.

Kurzerhand packte der junge G-man den gefangenen Räuber und zwang ihn, sich auf den Boden zu setzen. Dann kettete er ihn mit Handschellen an einem der metallenen Barhocker an.

»Ruf die Polizei«, wies er Hank, den Besitzer des Lokals, an. »Sie sollen den Jungen abholen. Und du«, sagte er an den Narbenmann gewandt, »sei schön brav und mach hier nicht auf den Boden. Ich will nachher keine Beschweren hören.«

Damit verließen die beiden FBI-Agenten das Lokal, ohne sich auch nur noch einmal nach dem Räuber umzublicken – dringendere Angelegenheiten erforderten ihre Aufmerksamkeit. Nur eines ließ Donna noch immer nicht los …

»Was meinst du mit ›lockerer‹?«, fragte sie, als sie hinaus auf den Parkplatz traten. »Wieso soll ich lockerer sein? Ich bin locker, verdammt nochmal!«

Will hütete sich, zu widersprechen.

»Klar«, meinte er nur, während er in den Wagen stieg.

»Sir, kann ich Sie einen Augenblick sprechen?«

Zaghaft streckte Mike Drexler den Kopf durch die Tür zu Edward Fellners Büro.

Dr. Fellner war der Leiter der Abteilung, in der Mike arbeitete – ein untersetzter, breitschultriger Mann Ende vierzig, über dessen massigem Körper ein weißer Laborkittel spannte. Der wies zahlreiche Flecken auf. Manchmal glaubte Mike, das Studium diverser Schokoriegel und Süßwaren wäre Fellners eigentliches Forschungsgebiet. Auf dem runden Kopf des Abteilungsleiters wucherte ein wahrer Urwald von lockigem Haar, das wirr in alle Richtungen stand.

Der Himmel wusste, was Fellner auf diesen Posten gebracht hatte – Kompetenz und Einsatzbereitschaft konnten es nicht gewesen sein. Die verlangte der Abteilungsleiter dafür umso mehr von seinen Untergebenen …

»Was gibt es, Mike?«, erkundigte er sich, während er an den Resten eines gehaltvollen ›Butterfinger‹ kaute. »Sollten Sie nicht an Ihrem Arbeitsplatz sein und die Daten der vergangenen Nacht auswerten?«

»Das habe ich bereits, Sir«, erwiderte Mike und trat ein, einen Stapel Aufzeichnungen unter dem Arm. »Dabei bin ich auf eine Reihe von Anomalien gestoßen, die Sie sich vielleicht …«

»Anomalien?« Fellner hob seine buschigen Brauen, schüttelte zweifelnd den Kopf. »Was wird das, Mike? Wollen Sie mir wieder weismachen, dass ›The Big One‹ unmittelbar bevorsteht? Ich erinnere mich noch sehr gut an das letzte Mal …«

»Das hier ist anders, Sir«, versicherte Mike, trat an den Schreibtisch seines Vorgesetzten und legte ihm die Ausdrucke hin. »Wenn Sie einen kurzen Blick auf die Aufzeichnungen werfen möchten …«

Fellner warf ihm einen genervten Blick zu. Er machte kein Hehl daraus, dass er seine Aufmerksamkeit lieber dem nächsten Schokoriegel gewidmet hätte als den seismografischen Auswertungen der vergangenen Nacht. Dennoch bequemte er sich, seinen massigen Körper über den Tisch zu beugen und mit seinen Wurstfingern nach den Unterlagen zu greifen. Er warf nur einen flüchtigen Blick darauf.

»Und?«, fragte er.

»Sir, die Stöße, die geortet wurde, sind noch kaum messbar, aber sie sind da. Und Sie steigen exponential an. Sehen Sie …«

Er deutete auf eine der Kurven auf den Ausdrucken – doch Fellners verkniffene Miene hellte sich keineswegs auf.

Im Gegenteil.

»Dr. Drexler«, begann der Abteilungsleiter seufzend, wobei er offenbar Mühe hatte, ruhig zu bleiben, »mir ist durchaus klar, dass Sie ein junger, ehrgeiziger Wissenschaftler sind, der es hier gerne zu etwas bringen möchte. Aber das erreichen Sie nicht, indem Sie alle Wochen durch diese Tür platzen und mir Beweise für eine angebliche Katastrophe vorlegen.«

»Aber Sir, ich …«

»Jedes Jahr«, fuhr Fellner unbeirrt fort, »kommen neue Klugscheißer von überall aus den Staaten an unser Institut – Klugscheißer direkt vom College, die sich in den Kopf gesetzt haben, hier eine wissenschaftliche Sensation zu erleben. Alle wollen Anzeichen für ›The Big One‹ entdecken, und ich darf mich jedes Jahr mit den gleichen dummen Argumenten auseinandersetzen.«

»Meine Argumente sind nicht dumm, Sir. Wenn Sie sich nur für einen Moment die Mühe machen würden, meiner Argumentation …«

»Zweifeln Sie meine Kompetenz etwa an, Mr. Drexler?«, fragte Fellner scharf. »Wenn ja, sollten wir das hier und jetzt klären.«

Der Abteilungsleiter sah Mike direkt ins Gesicht – und der junge Seismologe konnte nicht anders, als betreten zu Boden zu blicken.

»Nein, Sir«, erwiderte er niedergeschlagen, »natürlich zweifle ich Ihre Kompetenz nicht an. Aber ich bin überzeugt davon, dass sich dort unten etwas zusammenbraut. Ich gebe zu, dass meine Theorie am Anfang auf sehr wackligen Beinen stand ...«

»Was meinen Sie mit ›am Anfang‹?«

»... aber mittlerweile hat sie sich bestätigt. Sehen Sie doch nur, Sir! Die Intensität der Erschütterungen nimmt zu. Sie steigt exponential an!«

Fellner seufzte wieder, rieb sich seine breite Nasenwurzel.

»Sehen Sie das, Drexler?«, fragte er dann, durch die Glasscheibe deutend, die in die Seitenwand seines Büros eingelassen war.

Mike blickte hinüber in den großen Raum, in dem die Zentralrechner des Instituts standen – und auf den kleinen roten Kasten, der dort an der Wand hing.

»Bevor dieser Alarmgeber nicht anschlägt, werden wir überhaupt nichts tun«, erklärte Fellner kurzerhand. »Die Toleranz ist so eingestellt, dass uns genügend Vorwarnzeit bleibt, um entsprechende Schutzmaßnahmen einzuleiten, sollte es sich wirklich um ein größeres Beben handeln.«

»Aber das ist es ja, was ich Ihnen gerade zu sagen versuche, Sir!«, widersprach Mike entschieden. »Es wird keine Vorwarnzeit geben! Nicht dieses Mal! Dieses Beben ist anders als alle bisherigen, die gemessen wurden. Und es ist größer ...«

Der Abteilungsleiter atmete tief durch, setzte ein feistes Lächeln auf, das Mike irritierte. »Also«, meinte er jovial, »was erwarten Sie nun von mir? Was soll ich Ihrer Meinung nach tun, Dr. Drexler?«

»Nun, Sir«, meinte Mike vorsichtig, »Sie könnten die zuständigen Behörden informieren, das Bürgermeisteramt und den Katastrophenschutz. Nur für alle Fälle.«

»Für alle Fälle«, wiederholte Fellner leise.

»Ja, Sir. Sehen Sie, ich bin mir diesmal wirklich sicher. Ich bin sogar bereit, die volle Verantwortung zu übernehmen. Wenn ich mich irre – prima, dann sind Sie einen nervigen Mitarbeiter los. Aber wenn ich Recht habe, Sir, dann steht es jetzt noch in unserer Macht, Hunderte, vielleicht Tausende von Menschenleben zu retten – in ein paar Stunden könnte es dafür schon zu spät sein!«

Fellner starrte ihn unverwandt an. Für einen kurzen Augenblick hatte Mike das Gefühl, als würde sich in den aufgedunsenen Zügen seines Vorgesetzten etwas regen, als würde sich der Abteilungsleiter seine Argumente wirklich durch den Kopf gehen lassen. Dann jedoch schüttelte er nur sein bulliges Haupt.

»Sie sind ein wertvoller Mitarbeiter, Mike«, schlug Fellner versöhnlichere Töne an, »und ich schätze mich glücklich, Sie in meinem Team zu haben. Aber Sie hören die Flöhe husten. Es wird kein Beben geben, Mike – so wenig wie die anderen Male, bei denen Sie Alarm schlagen wollten. Glauben Sie einem alten Kalifornier.«

Mike machte den Mund auf, wollte etwas erwidern, doch er ließ es bleiben. Er sah, dass es keinen Zweck hatte. Nicht, ehe er nicht noch weitere Beweise gesammelt hatten, die seine These untermauerten.

Er hoffte nur, dass es dann noch nicht zu spät sein würde …

Eine halbe Stunde später saßen Will Cotton und Donna Sullivan in SAC Steels Büro und waren gespannt darauf, was der Leiter des FBI-Büros Los Angeles ihnen zu sagen hatte.

Steel war kein Mann großer Worte. Der dunkelhäutige Special Agent in Charge war mehr ein Mann der Tat – vielleicht war dies der Grund dafür, weshalb er Will Cottons Eskapaden meist duldete und gegen die wiederholten Einsprüche der FBI-Inspektoren durchgehen ließ. Will Cotton und Donna Sullivan waren das beste Team im District L.A. – auch wenn sich Steel lieber die Zunge abgebissen hätte, als das offen zuzugeben.

»Da sind Sie ja endlich!«, begrüßte er sie unwirsch. »Wo haben Sie gesteckt?«

»Wie ich Ihnen per Handy bereits mitteilte«, erstattete Donna korrekt Bericht, »haben Agent Cotton und ich einen Raubüberfall verhindert und einen Delinquenten verhaftet, der im Begriff war …«

»Verschonen Sie mich, Agent Sullivan«, stöhnte Steel und hob resignierend die Hände. »Tun Sie mir einen Gefallen und überlassen Sie solche Dinge den Kollegen vom LAPD – ich brauche Sie hier für die großen Fälle.«

»Äh – ja, Sir.«

»Also, was gibt's?«, ließ sich Will Cotton vernehmen, der wie immer vor Tatendrang brannte – schwere Jungs hinter Gitter zu bringen, war für ihn so etwas wie ein Lebenselixier. Eine Eigenschaft, die mit seinem Nachnamen in Verbindung stehen mochte …

»Folgendes«, begann Steel, »Ihre Aufgabe wird es sein, diesen Mann ausfindig zu machen und zu verhaften …« Er nahm die beiden Umschläge, die vor ihm auf dem Schreibtisch lagen, und reichte sie Will und Donna.

Die beiden öffneten die Kuverts und zogen einige Fotos daraus hervor, die einen schmächtigen Mann Anfang fünfzig zeigten, der offenbar Latino-Blut in seinen Adern hatte.

»Gregor Gusano«, erläuterte Steel. »Seines Zeichens Buchhalter, Steuerrechtsberater – und Steuerhinterzieher.«

»Steuerhinterzieher«, echote Will staunend. »Alle Achtung! Das ist ja ein besonders schräger Vogel. Ein richtiger Schwerverbrecher. Was soll das, Boss? Sind wir jetzt schon dafür da, um die Schmutzarbeit für die Finanzbehörden zu erledigen?«

»Natürlich nicht.« Steel schüttelte unwillig den Kopf. »Steuerhinterziehung ist nur der Anlass für Gusanos Festnahme – in Wirklichkeit geht es um etwas ganz anderes.«

»Aha. Und um was?«

»Gusano ist nicht nur als Buchhalter, sondern auch als Geldwäscher tätig – nachweisen konnten wir ihm das bislang allerdings nicht.«

»Als Geldwäscher? Für wen?«

»Wir haben allen Grund zu der Annahme, dass Gusano für Diego Viscar tätig ist.«

»Diego Viscar?« Donna hob die Brauen. »Etwa *der* Diego Viscar?«

»Wie viele davon kennen Sie?«, fragte der SAC zurück.

»Wer ist der Kerl?«, wollte Will wissen.

»Sie haben offensichtlich Ihre Hausaufgaben mal wieder nicht gemacht, Cotton«, knurrte Steel.

»Schon seit der dritten Klasse nicht mehr«, gab Will feixend zurück.

»Diego Viscar«, spulte Donna herunter, als besäße ihr Gehirn direkten Zugang zum FBI-Computer, »Kolumbianer, Wohnsitz unbekannt. Vermutlich der

Kopf eines der größten kolumbianischen Drogenkartelle der USA, das vor allem an der Ostküste aktiv ist – von Miami bis hinauf nach New York City.«

»Richtig, Agent Sullivan«, bestätigte Steel. »Bedauerlicherweise ist es weder dem FBI noch dem DEA bislang gelungen, genügend Beweise gegen Viscar zu sammeln, um ihn hochgehen zu lassen – dieser Mistkerl hat es bislang stets verstanden, bei allem, was er tut, eine blütenweiße Weste zu behalten. Aber das wird sich nun ändern – und Gusano ist der Schlüssel dazu.«

»Verstehe«, meinte Will. »Wir sollen diesen Gusano schnappen, damit er gegen seinen Boss aussagt – gegen einen entsprechenden Strafnachlass, nehme ich an.«

»Genau so ist es. Es ist unsere einzige Chance, Viscar festzunageln. Der Kerl treibt es seit einigen Jahren viel zu bunt für meinen Geschmack. Es wird Zeit, dass er hinter Gittern landet.«

»Wurde Viscar denn schon verhaftet?«, erkundigte sich Donna. »Ich habe nichts davon mitbekommen …«

»Noch nicht. Die Verhaftungen von Gusano und Viscar werden in einer konzentrierten Aktion fast zeitgleich stattfinden, um zu verhindern, dass einer durch den anderen gewarnt wird.«

»Aha«, machte Donna. »Und wir sollen Gusano übernehmen?«

»Exakt.«

»So gut wie erledigt«, versprach Will leichthin. »Und wer greift sich Viscar?«

»Nun, den Informationen eines Mittelsmannes zufolge hält sich Viscar derzeit in New York auf. Genau in diesem Augenblick ist eine Spezialabteilung des New Yorker Field Office unterwegs, um sich den Kerl zu schnappen.«

»New York?«, fragte Will skeptisch.

»So ist es«, bejahte der SAC mit breitem Grinsen. »Der Leiter des Einsatzteams dürfte Ihnen gut bekannt sein ...«

»Ich ahnte es«, sagte Will nur – und konnte nicht verhindern, dass sich ein leises Stöhnen seiner Kehle entrang.

»Annie? June?«

»Alles *roger*, Jerry«, drang es aus dem winzigen Empfänger des Funkgeräts, den ich im Ohr trug.

Unsere Kolleginnen Annie Geraldo und June Clark waren bereit zum Einsatz.

»Joe? Les?«, erkundigte ich mich weiter.

»Startklar, Jerry«, kam die Antwort prompt, und ich konnte die beiden sehen, wie sie auf der gegenüberliegenden Straßenseite hinter einem Sportwagen kauerten.

»In Ordnung«, sagte ich leise und merkte, wie mein Partner Phil Decker neben mir vor Anspannung bebte. »Dann schnappen wir uns den Mistkerl – *Zugriff!*«

Das war der Einsatzbefehl – und die Aktion ›Sudden Death‹ lief an ...

Les und Joe verließen ihre Deckung, rannten in gebückter Haltung auf das Gebäude zu, in dessen unterer Etage das Restaurant untergebracht war, in dem wir Diego Viscar wussten. Der mutmaßliche Kopf des Kolumbianer-Kartells kam einmal im Monat hierher, um nur vom Feinsten zu speisen. Wir würden dafür sorgen, dass ihm der Kaviar im Hals stecken blieb ...

Unsere Kollegen Les Bedell und Joe Brandenburg sicherten den Eingang.

»Jetzt, Jerry!«, drang es aus dem Empfänger – und

Phil und ich setzten uns in Bewegung. Im Laufschritt überquerten wir die Straße, setzten die Stufen des prunkvollen Portals empor und stürmten durch den Eingang. Les und Joe folgten uns auf dem Fuß, hielten uns den Rücken frei.

Im Inneren empfing uns klassische Musik, die aus verborgenen Lautsprechern säuselte, eine Eingangshalle mit marmornen Säulen, die mediterranes Flair verbreiteten. Der livrierte Maître wurde leichenblass, als er uns gewahrte – vier Männer in blauen Overalls und mit kugelsicheren Westen, die Pistolen schussbereit im Anschlag …

Mit einer Geste bedeutete ich Les, sich um den verstörten Bediensteten zu kümmern. Lautlos schlichen wir weiter, durchquerten die geräumige Halle und platzten durch die breite Tür in den Speisesaal.

Das Ambiente war hier nicht weniger gediegen als im Vorraum. Im Gegenteil, zusätzlich zu den prunkvollen Säulen standen hier marmorne Standbilder mit Darstellungen aus der griechischen Mythologie. Dazwischen standen die Tische und Stühle, doch nur einer der Tische war besetzt – die lange Tafel, die an der Stirnseite des Saales stand.

An ihrem Kopfende residierte ein einzelner Mann, ein schlanker Typ mit braungebrannter Haut, graumelierten Schläfen und charismatischer Ausstrahlung.

Der Mann trug einen sündhaft teuren Designeranzug und hatte sich wohl deswegen eine blütenweiße Serviette umgebunden. Vor ihm auf dem Tisch breiteten sich die erlesensten Delikatessen aus: Austern, Kaviar, Schnecken. Alles, was sich für Geld kaufen ließ, war aufgetragen, dass sich die Tischplatte bog. Kostspielig, aber irgendwie auch billig …

Hinter dem Kerl standen fünf hünenhafte Männer, die in ihren schwarzen Anzügen aussahen wie Totengräber. Ihre Arme hatten sie vor der Brust verschränkt, hielten andächtiges Schweigen, während ihr Boss sich leiblichen Genüssen hingab …

»Diego Viscar!«, rief ich, während wir in den Gastraum stürmten. »FBI, Mr. Viscar! Sie sind verh…«

Weiter kam ich nicht.

Denn in diesem Moment zauberten die fünf Leibwächter kurzläufige Ingram-Maschinenpistolen unter ihren Jacketts hervor und eröffneten ohne Vorwarnung das Feuer.

»In Deckung!«

Das war alles, was ich noch rufen konnte. Ich warf mich zu Boden, während das gefräßige Blei der Ganoven haarscharf über mich hinweg sengte.

Ich schloss die Augen, spürte, wie mich der bleierne Tod nur knapp verfehlte und sich mit hässlichem Pochen in das teure Mahagoni-Parkett fraß.

Eine Verwünschung auf den Lippen, kroch ich zum nächstbesten Tisch und stieß ihn um – der Marmor der Tischplatte gab einen ordentlichen Schutz gegen die Kugeln von Viscars Leibwache ab.

Phil, Joe und Les taten es mir gleich, rissen ebenfalls Tische um, um sich dahinter zu verschanzen – und im nächsten Moment war eine wilde Schießerei im Gange, wie sie jedem Wildwest-Film zur Ehre gereicht hätte.

Viscars Leibwächter deckten uns mit Sperrfeuer ein, dass uns Hören und Sehen verging.

»Verdammter Mist!«, hörte ich Phil fluchen.

Wir hatten damit gerechnet, dass es bei Viscars Festnahme Probleme geben würde – aber *so* hatten wir uns diesen Einsatz ganz gewiss nicht vorgestellt …

Heiße Garben flogen durch den Gastraum, pflügten haarscharf über uns hinweg. Querschläger prallten von den Statuen ab und schrammten mit schrillem

Kreischen durch die Luft. Mit einem flüchtigen Blick über den Rand meiner Deckung stellte ich fest, dass Viscar sein Festmahl unterbrochen hatte. Im Schutz eines seiner Kleiderschränke zog sich der Ganove Richtung Küche zurück.

»Achtung!«, brüllte ich über das hämmernde Stakkato der MPis hinweg in das Kragenmikrofon des Funkgeräts. »Annie, June! Aufgepasst! Der Kerl versucht, sich durch den Hinterausgang abzusetzen!«

»Verstanden, Jerry«, hörte ich June bestätigen, »Wir ...«

Dann brach die Meldung plötzlich ab – und alles, was ich noch hören konnte, waren laute Pistolenschüsse und das hässliche Knattern einer Maschinenpistole, die aus dem Empfänger drangen.

»Annie! June! Was ist los ...?«

Keine Antwort.

»Bullshit«, stieß ich hervor – und mit bitterer Entschlossenheit hob ich meine SIG Sauer, wälzte mich zur Seite und tauchte unerwartet neben meiner Deckung auf.

Ich nahm einen der MPi-Schützen aufs Korn. Mit einem gellenden Schrei brach er zusammen, wobei ein letzter Feuerstoß aus dem Lauf seiner Waffe jagte und in die reich verzierte Decke klatschte.

Die verbliebenen drei Killer riefen einander hektische Befehle zu. Dann stießen sie die Tafel um, an der ihr Boss noch vor Augenblicken stilvoll diniert hatte, und benutzten sie als Deckung.

Heiß und verderblich flogen die Kugeln hin und her, pflügten den Boden auf und zertrümmerten die Möbel, verarbeiteten die Statuen zu Geröll. Die Kerle wollten uns möglichst lange festnageln, um ihrem Boss Zeit zu geben, sich abzusetzen.

Ich überlegte fieberhaft, was zu tun war – als aus

der Küche plötzlich lautes Scheppern drang, als gingen Unmengen von Geschirr gleichzeitig zu Bruch.

Ein Topfdeckel rollte mit blechernem Klang aus dem offenen Durchgang, dann stürmten zwei schlanke Gestalten hinterher, die ihre langen Haare zu Zöpfen gebunden hatten und wie wir Overalls und schusssichere Westen trugen.

Beide eröffneten sofort das Feuer.

Es waren unsere Kolleginnen June Clark und Annie Geraldo. Doch offenbar war es den beiden nicht gelungen, Viscar aufzuhalten. Dafür fielen die Agentinnen jetzt Viscars Leuten in den Rücken und nahmen sie gezielt unter Feuer.

Schon schrie einer der Kerle auf und tauchte nicht mehr hinter seiner Deckung empor. Ein anderer setzte voller Panik auf die andere Seite des Tisches – ohne dabei zu berücksichtigen, dass er sich damit *unseren* Kugeln preisgab. Mit einem gezielten Schuss in die Beine streckte Phil den Kerl nieder.

Der letzte im Bunde war nicht so unvorsichtig wie seine Kameraden. Wild um sich feuernd, zog er sich in eine Ecke des Raumes zurück. Sofort setzten wir nach und kesselten ihn ein.

»Jerry an alle Teams – schnappt euch den Kerl und versorgt ihn und seine Jungs mit Eisenwaren. Danach ruft einen Krankenwagen.«

»Verstanden«, bestätigte Joes rauhe Stimme. »Und was werdet ihr tun?«

»Na was wohl?«, knurrte ich. »Phil und ich holen uns Viscar! Gebt uns Feuerschutz!«

»Verstanden, Jerry!«, kam es zurück – und im gleichen Moment ging ein Feuerzauber über dem verbliebenen Schützen nieder, der sich gewaschen hatte.

»Los, Phil!«, rief ich meinem Partner zu – und wie von Katapulten geschleudert schossen wir aus unseren Deckungen und durchquerten mit fliegenden Schritten den Raum.

Unbeschadet erreichten wir den Durchgang zur Küche. Beinahe wären wir über den massigen Körper gestolpert, der auf den schneeweißen Fliesen lag. Es war einer von Viscars Bodyguards. Der Mann wand sich vor Schmerzen, in seiner linken Schulter klaffte ein hässliches Loch.

June und Annie hatten Viscar natürlich nicht einfach so entkommen lassen. Aber wieso hatten sie ihn nicht verfolgt? Hätte er einfach nur den Hinterausgang benutzt, wären sie ihm sicher auf den Fersen geblieben. Doch wohin hatte sich Viscar abgesetzt?

»Wo ist dein Boss?«, fragte ich, beugte mich über den Verwundeten und packte ihn am Kragen seiner Jacke. »Raus mit der Sprache! Sofort!«

Alles, was ich zur Antwort bekam, war, dass ich ein verdammter G-man sei und mich zum Teufel scheren solle. Doch der Kerl beging den Fehler, einen unsicheren Blick hinüber zur Wand zu werfen, wo eine schmale Öffnung klaffte.

»Der Speiseaufzug!«, rief Phil, der sofort begriff. »Der Mistkerl hat sich durch den Aufzug abgesetzt!«

»Mist«, knurrte ich und ließ den Verwundeten los. Wir liefen hin zu dem kleinen Aufzug, der normalerweise dazu diente, Fleisch und Frischgemüse vom Lager heraufzutransportieren.

Wir zwängten uns in den Aufzug, drängten uns aneinander.

»Shit«, knurrte Phil. »Bin ich froh, dass uns niemand sehen kann …«

Ich drückte den Knopf neben dem kleinen Aufzug, zog die Hand schnell wieder zurück, und mit leisem Summen ging die Fahrt hinab in die Tiefe. Im Lagerraum angelangt, stürzten wir aus unserer engen

Zelle – und hörten das laute Brummen eines Motors, das Quietschen von Reifen auf Asphalt.

Die Tiefgarage musste sich direkt neben dem Lagerraum befinden!

»Viscar!«, schrie Phil. »Der Mistkerl versucht, sich abzusetzen!«

»Wir müssen ihn stoppen!«

Durch eine Metalltür gelangten wir aufs Parkdeck – um die Rücklichter einer schwarzen Limousine zu sehen, die mit atemberaubendem Tempo die Auffahrt hinaufschoss.

Wir rissen unsere Dienstpistolen hoch und feuerten. Die P226 zuckte in meiner Hand, schickte heißes Blei auf Reisen, doch schon im nächsten Moment war Viscars Wagen verschwunden.

»Verdammt!«, rief Phil. »Bis wir bei unserem Wagen sind, ist er über alle Berge! Wir haben ihn verloren!«

»Noch nicht!« Ich wies auf einen Lieferwagen, der bei der Metalltür zum Lagerraum stand. Der Fahrer war ausgestiegen und wollte offensichtlich gerade entladen.

Natürlich hatte er uns gesehen, hatte auch mitgekriegt, wie wir auf die Limousine geschossen hatten. Stocksteif stand er da, war bleich im Gesicht, und als wir jetzt auf ihn zu rannten, hob er furchtsam die Hände und trat zwei, drei Schritte zurück.

Laut Dienstordnung steht uns als FBI-Beamten das Recht zu, in solchen Fällen jedes beliebige Zivilfahrzeug zu beschlagnahmen.

»Wir leihen uns mal kurz Ihre Karre aus!«, rief ich dem Fahrer zu, und schon saß ich hinter dem Steuer. Der Schlüssel steckte, und ich ließ hastig den Motor an.

Phil kam nicht einmal mehr dazu, vollends einzusteigen – er hing an der Beifahrertür des Wagens, als ich Gas gab. Eine bittere Verwünschung auf den Lippen, kletterte er auf den Beifahrersitz.

Der Lieferwagen jagte durch die Tiefgarage und die Rampe der Ausfahrt hinauf.

Wir erreichten die Straße. Zwei verbeulte Wagen, die rechter Hand am Straßenrand standen, zeigten deutlich, welchen Weg der flüchtige Ganove eingeschlagen hatte.

Hart riss ich am Steuer, und der Lieferwagen wirbelte herum, schlitterte über den regennassen Asphalt.

»Oooooooh«, machte Phil und hielt sich krampfhaft fest.

Ich trat das Gaspedal durch, und mit satten siebzig Meilen pflügte der Lieferwagen mit der Aufschrift ›Al's Delikatessen‹ die Straße hinab. Die Passanten auf den Bürgersteigen, die uns verwundert nachblickten, hielten uns wohl für eine Art Eilservice.

»Da vorn an der Kreuzung!«, rief Phil aus. »Ich kann ihn sehen!«

Tatsächlich. Am Ende des nächsten Blocks stand die Ampel auf Rot, alle drei Spuren der Einbahnstraße waren von Autos verstopft. Viscar hatte anhalten müssen, doch jetzt riss er das Steuer der Limousine herum und zwang das klobige Gefährt über den Bordstein. Wild hupend und so die verschreckten Fußgänger zur Seite scheuchend, pflügte der Wagen über den Bürgersteig.

»Nein!«, stöhnte Phil. »Das darf doch wohl nicht wahr sein!«

»Leider doch«, knurrte ich – und da sich in diesem Augenblick vorn auf der Kreuzung ein Unfall ereignete, der die Straße vollends verstopfte, blieb mir nichts, als Viscars wahnwitzigem Fluchtweg zu folgen, wollte ich ihm auf den Fersen bleiben.

Auch ich schlug auf die Hupe und lenkte den Van auf den breiten Bürgersteig. Ich gab natürlich nur wenig Gas, um niemanden zu gefährden.

Viscar vor uns bog kurzerhand in eine Seitengasse ab. Wir folgten ihm, jagten die schmale Straße entlang, zu deren beiden Seiten schmutzige Backsteinwände aufragten.

Allmählich holten wir auf.

Phil kurbelte das Seitenfenster herab, wollte der irrsinnigen Verfolgungsjagd durch gezielte Schüsse in die Reifen der Limousine ein Ende bereiten – als die Gasse unerwartet endete.

Viscars Wagen schoss hinaus auf einen freien Platz – und einigermaßen verblüfft erkannten wir, dass uns die schmale Durchfahrt zum Fulton Fischmarkt geführt hatte.

Mit röhrendem Motor schoss Viscars Limousine zwischen den Pfeilern des Roosevelt Drive auf den weiten Marktplatz hinaus, der unmittelbar am Ufer des Hudson River liegt. Fußgänger, die auf dem Markt unterwegs waren, retteten sich, indem sie sich rasch zur Seite warfen, während die Limousine mit atemberaubendem Tempo durch die Gassen pflügte – und wir hinterher.

Wir konnten von Glück sagen, dass der Markt zur Mittagsstunde endete, denn so waren nur mehr wenige Verkäufer und Kunden hier. Mit quietschenden Reifen schoss Viscars Limousine um die Ecke, stieß mit ihrem schlingernden Heck gegen einen Stand, der krachend zusammenbrach. Ein riesiger Container mit fangfrischen Heringen ergoss sich über den Boden, verwandelte das Pflaster in eine glitschige, rutschige Fläche.

Eine Verwünschung ausstoßend, riss ich an Steuerrad und Handbremse – wie auf Glatteis wirbelte der

Van herum. Sofort gab ich wieder Gas, jagte Viscars Limousine hinterher, die jetzt auf eines der Lagerhäuser zu raste, die den Uferrand säumten.

»Na warte, Freundchen«, knurrte ich angriffslustig, »jetzt kriegen wir dich!«

Kurz entschlossen riss ich erneut das Steuer herum. Phil gab einen Laut des Entsetzens von sich, als der Van hart zur Seite ausbrach und beinahe umkippte.

Auf zwei Rädern ging der Kastenwagen in die Kurve, und um ein Haar hätte die Verfolgungsjagd ein jähes Ende gefunden. Doch der Van kippte wieder auf alle viere zurück – und indem ich eine Abkürzung über den Parkplatz nahm, wo die Händler und Lieferanten ihre Lastwagen abgestellt hatten, holte ich gegenüber Viscars Limousine auf, die etwa hundert Yards parallel zu uns dahin jagte.

»Was hast du vor?«, fragte Phil.

»Abwarten«, erwiderte ich nur.

Ich trat das Gaspedal durch, und der Lieferwagen überholte das Fahrzeug des flüchtenden Ganoven. Ich war mir nicht sicher, ob Viscar uns gesehen hatte, denn zwischen uns rasten die abgestellten Lastwagen dahin. Mit etwas Glück nahm der Verbrecher an, er hätte uns abgehängt und nahm den Fuß vom Gas.

Bingo!

Durch die Lücken zwischen den abgestellten Fahrzeugen konnte ich sehen, wie Viscars Limousine an Tempo verlor und langsamer wurde – perfekt!

Dann, endlich, hatten wir das Ende des Parkplatzes erreicht, und ich schickte den Van nach links um eine scharfe Kurve.

Das Timing konnte nicht besser sein.

Als Viscar uns gewahrte, war es zu spät, da rammte unser Van auch schon mit voller Wucht in die Beifahrerseite seiner Limousine.

Es gab einen harten Stoß, dazu fürchterlichen Krach.

Metall verformte sich kreischend. Durch die Wucht des Aufpralls machte die Limousine einen Satz zurück – und landete geradewegs in einem Kunststoffcontainer mit Fischabfällen, die sich erdrutschartig über das Fahrzeug ergossen.

»Endstation«, sagte Phil trocken.

Ich zog die Handbremse an, und wir stiegen aus, unsere Dienstwaffen schussbereit in den Fäusten.

Viscars Limousine war kaum mehr wiederzuerkennen. Das edle Gefährt war völlig verbeult und über und über mit Krabbenscheren, Fischköpfen und Gräten übersät. Die Duftnote war betörend.

»Ich habe es schon immer gesagt«, bemerkte Phil grinsend. »Verbrechen stinkt.«

Während mein Partner sicherte, versuchte ich, die völlig verbeulte Beifahrertür zu öffnen – vergeblich. Schließlich schlug ich mit dem Griff der Waffe die Windschutzscheibe ein.

Der hagere Mann mit den grauen Schläfen, der auf dem Fahrersitz kauerte und vor Zorn fast zu platzen schien, schrie angewidert auf, als sich Fischgräten und Krabbenscheren prasselnd über ihn ergossen.

»Mr. Viscar?«, fragte ich höflich.

»Ja doch!«

»Schön, Sie endlich persönlich kennen zu lernen, Sir«, sagte ich. »FBI. Sie sind verhaftet.«

»Wieso tut ihr das?«, schnauzte er mich an. »Wieso habt ihr blöden Hunde vom FBI noch immer nicht begriffen, dass ihr mir nichts anhaben könnt? Ich bin schneller wieder draußen, als ihr die Nationalhymne pfeifen könnt – aber ihr beide werdet Schwierigkeiten bekommen, dass euch Hören und Sehen vergeht!«

»Da wäre ich mir nicht so sicher, du arroganter

Sack«, konterte Phil. »Mag sein, dass es die anderen Male so gelaufen ist – aber diesmal sieht es schlecht für dich aus, Viscar. Sehr schlecht.«

»Wieso?« Der Kolumbianer, der sich als seriöser Geschäftsmann tarnte, schaute mich fragend an. »Was habt ihr euch ausgedacht?«

»Wir brauchten uns nichts auszudenken, Sir«, erwiderte ich. »Diesmal gibt es einen Zeugen ...«

»*Das* ist es?«

Will staunte nicht schlecht, als Donna den Dienstwagen vor einer Villa zum stehen brachte, die inmitten der sanften Hügel von Bel Air lag.

»Du willst mir sagen, dass der Kerl *hier* wohnt? In Bel Air? Ein mieser kleiner Buchhalter?«

»Nicht doch.« Donna schüttelte den Kopf. »Der offizielle Wohnsitz von Mr. Gusano ist ein Apartmenthaus unten in der Stadt – das ist unauffälliger fürs Finanzamt. Die Beschattung, die Steel hat durchführen lassen, hat jedoch ergeben, dass Gusano die meiste Zeit hier verbringt, aber offiziell gehört die Villa einem Kunden von ihm, der ihn kostenlos hier residieren lässt.«

»Wie großzügig«, meinte Will. »So einen Kunden würde ich auch mal gerne haben – unsere Kundschaft wandert meist in den Knast.«

»Und da gehört sie auch hin.« Donna stieg aus dem Wagen, und Will tat es ihr gleich.

Sie traten auf das mächtige Portal der Villa zu, und Will drückte den Klingelknopf. Eine ganze Symphonie runder, weicher Glockentöne erklang.

»Bin beeindruckt«, meinte der G-man.

Sekunden später wurde die Tür geöffnet, und ein gravitätisch aussehender Mann erschien, der gut und gerne hundertsiebzig Kilo wiegen mochte. Der Kerl war Asiate und erinnerte Will an einen Sumo-Ringer.

»Sie wünschen?«, erkundigte sich der Mann pikiert.

»Special Agent Donna Sullivan und Special Agent Will Cotton vom FBI-Büro Los Angeles«, stellte Donna sich und ihren Partner vor. »Wir möchten zu Mr. Gusano.«

»Haben Sie denn einen Termin?«

»Nein«, knurrte Will, der solches Geplänkel nicht leiden konnte, »einen Haftbefehl. Und jetzt schwing die Hufe und sag deinem Herrchen Bescheid, dass wir da sind, um ihn abzuholen.«

Das Schwergewicht schaute Will an.

Dabei hoben sich seine schmalen Brauen, und er bedachte Will mit einem Blick, als ob der junge G-man ein schäbiges Insekt wäre, das er erst jetzt bemerkt hätte.

»Ihre Umgangsformen lassen zu wünschen übrig, Sir«, stellte er fest.

»Richtig«, sagte Will. »Und weißt du was? Es ist mir scheißegal! – Was ist nun? Ist Mr. Gusano da oder nicht?«

»Nein«, gab der Sumo-Mann zurück. »Mr. Gusano musste die Stadt in einer dringenden Angelegenheit verlassen.«

»Tatsächlich?« Will streckte den Kopf vor, lauschte ungeniert ins Innere des Hauses. »Korrigier mich bitte, wenn ich mich irre, Dicker – aber für mich klingt das wie Musik. Und es hört sich verdammt so an, als würde da jemand lachen. Wenn du mich fragst, wird unten im Garten eine Party gefeiert.«

»Wo denken Sie hin?«, fragte der Diener – doch er war ein schlechter Lügner.

»Okay, Dicker«, knurrte Will, der jetzt endgültig die Geduld verlor. »Das reicht. Schieb deine Murmel aus der Sonne und lass uns passieren, oder es wird dir gleich mächtig Leid tun.«

»Ich bedaure«, erklärte der Diener gravitätisch. »Ich bin nicht befugt, Sie einzulassen. Sollten Sie es dennoch versuchen, müsste ich handgreiflich werden, um Sie zu ...«

Weiter kam der Sumo-Mann nicht – denn Wills geballte Rechte zuckte vor und erwischte ihn genau auf den Punkt.

Der massige Mann verdrehte die Augen, sein fleischiges Gesicht wurde lang und länger – dann fiel er nach hinten wie ein gefällter Baum und landete mit dumpfem Schlag auf dem Boden.

»Großartig, Cotton«, meinte Donna, während sie über den bewusstlosen Fleischberg hinweg stieg. »Toll gemacht. Das gibt eine weitere Rüge von der FBI-Inspektion.«

»Weshalb?«, fragte Will unschuldig zurück. »Wir sind zwei FBI-Beamte im Dienst, und dieser Kerl wollte uns an der Ausübung unserer Pflicht hindern. So einfach ist das.«

»Für dich«, sagte Donna nur.

Sie durchmaßen die geräumige Empfangshalle und gelangten in den großzügigen Living-room. Die Einrichtung war hier nur vom Feinsten: Designermöbel aus Glas, eine kühn geschwungene Designercouch, strahlend weiße Teppiche ...

Will latschte ungeniert darüber hinweg, und seine Stiefel hinterließen hässliche Flecken. »Nette Bude, das hier. Wir sollten sie konfiszieren und heute Abend eine geile Fete hier feiern.«

Sie erreichten den Durchgang zum Garten der Villa. Dort war tatsächlich eine Party im Gange. Im grünen Gras um den Swimmingpool tummelten sich braun gebrannte Menschen und räkelten sich in der warmen

Sonne Kaliforniens. Partymusik drang irgendwo aus einem Lautsprecher, äußerst knapp bekleidete Girls eilten mit Tabletts umher und verteilten Cocktail-Drinks.

»Na also«, meinte Will grinsend. »Endlich mal jemand, der es versteht, das Leben zu genießen. Komm schon, Sullivan, gib dir einen Stoß. Wir vergessen einfach unseren Auftrag und gehen im Pool eine Runde schwimmen.«

»Nein danke«, knurrte Donna.

Wills Blick klebte an zwei Schönheiten, die gerade das Schwimmbecken verließen – oben ohne. Will betrachtete ungeniert ihre wippenden Oberweiten. »Schade«, meinte er grinsend. »Ich bin sicher, wir könnten hier eine Menge Spaß haben ...«

»Dort«, sagte Donna. »Der Typ, der im Swimmingpool auf der Luftmatratze liegt. Der Kerl mit der Sonnenbrille ...«

»Gusano«, stellte Will fest. »Schnappen wir uns die Pfeife!«

Damit setzte sich Will auch schon in Bewegung und trat hinaus in den Garten. Auf der Terrasse hatte ein DJ seine Anlage aufgebaut. Kurzerhand trat Will auf die Anlage zu und zog den Stecker aus dem Verlängerungskabel.

»Hey!«, fuhr ihn der Discjockey an. »Was soll das, Bruder?«

»Ein dringender Wunsch der Gäste«, sagte Will. »Sie wollen die Musik *unplugged* ...«

Augenblicklich waren die heißen Salsa-Rhythmen verstummten, und die Girls, die unten am Pool rhythmisch mit ihren Hüften geschwungen hatten, hörten zu Wills Bedauern damit auf. Die Partygäste unterbrachen ihre Gespräche, blickten verwundert zur Terrasse hinauf, wo die FBI-Agenten standen.

»Okay«, verschaffte sich Will Gehör. »Die Party ist zu Ende, Leute! Macht, dass ihr nach Hause kommt!«

»Zum Teufel!«, ließ sich eine Stimme vom Swimmingpool her vernehmen – es war Gregor Gusano, der auf seiner Luftmatratze lag und ungläubig seine Sonnenbrille angehoben hatte. »Wie können Sie es wagen? Das hier sind *meine* Gäste, und es ist *meine* Party! Wie können Sie sich erlauben, hier einfach einzudringen und …«

»FBI, Sir«, erwiderte Donna ungerührt und zückte ihre Marke. »Wir haben einen Haftbefehl für Sie!«

Das war das Stichwort.

Hatte es noch einen Augenblick zuvor so ausgesehen, als wären die Partygäste alles andere als gewillt, die Feier zu verlassen, schienen sie nun alle plötzlich etwas Dringendes erledigen zu müssen. Wie von Taranteln gebissen, sprangen sie aus den Liegestühlen, ließen ihre Drinks stehen und rannten davon. Auch die Bedienung suchte das Weite, und wenige Sekunden später war nur mehr Gregor Gusano anwesend, der noch immer im Pool vor sich hin dümpelte.

»Aber nein!«, rief er seinen Gästen nach. »Wo wollt ihr denn alle hin? Ihr könnt doch nicht …« Er verstummte, weil er begriff, dass seine Appelle sinnlos waren.

»Tja«, meinte Will mit schadenfrohem Grinsen, »sieht so aus, als wäre die Party zu Ende, Greg. Die Ratten haben das sinkende Schiff verlassen.«

Hektisch blickte sich der Mann auf der Luftmatratze um, in seinen Zügen war nackte Panik zu lesen.

Gregor Gusano sah genau so aus, wie Will ihn sich vorgestellt hatte – ein drahtiges, braungebranntes Bürschen mit viel zu viel Haaren auf seinem Körper. Das alberne Goldkettchen um seinem Hals blitzte durch den dichten Dschungel auf seiner Brust.

»Wa-was wollen Sie von mir?«, fragte er.

»Sie sind verhaftet, Mr. Gusano«, erklärte Donna. »Wegen des dringenden Verdachts der Steuerhinterziehung.«

»Wegen des Verdachts der …?« Gusano stutzte, schaute die beiden FBI-Agenten an, als würden sie einen üblen Scherz mit ihm treiben. Dann aber begann er, lauthals zu lachen. »Steuerhinterziehung! Das ist ein Witz …!«

»Wenn Sie uns jetzt bitte folgen möchten, Sir«, sagte Donna höflich.

Und Will fügte hinzu: »Entweder, Sie kommen freiwillig mit uns, oder wir müssen Gewalt anwenden!«

»Gewalt?« Gusano grinste blöde. »Bei einem Steuerhinterzieher?« Wieder lachte der Kleinganove – und Will riss der Geduldsfaden.

Kurzerhand zückte der junge G-man seine Dienstwaffe und legte auf Gusano an.

»Nein!«, schrie der Buchhalter entsetzt, und auch Donna blickte ihren Partner geschockt an.

Will drückte ab. Der Schuss hämmerte – und im nächsten Moment begann Gusanos Luftmatratze gurgelnd abzusaufen.

»Das … das ist doch …!« Entfuhr es dem Buchhalter, während er wild mit den Armen ruderte. Sein Drink flog in hohem Bogen davon. »Ich kann nicht schwimmen! Verdammt nochmal, ich kann nicht schwimmen …!«

»Was?«, fragte Will verblüfft.

»Du hast ihn gehört, Cotton«, erwiderte Donna trocken, die über die Cowboy-Einlage ihres Partners nur den Kopf schüttelte. »Der arme Kerl kann nicht schwimmen.«

»Das darf doch nicht wahr sein«, stöhnte Will. Fassungslos sah er zu, wie die durchlöcherte Luftmatratze unterging und der hilflos paddelnde Gusano mit ihr.

Dieser windige Ganove schien tatsächlich nicht schwimmen zu können. Will wusste, dass er keine Wahl hatte. Wenn er nichts unternahm, würde Gusano im Pool elendig ersaufen …

»Scheiße«, stieß der junge G-men hervor. Dann warf er seine Jacke von sich, zog auf dem Weg zum Swimmingpool humpelnd und stolpernd seine Stiefel aus – und sprang kopfüber ins Wasser.

Das kühle Nass bot einen angenehmen Kontrast zur schwülen Hitze, die an diesem Tag über der Stadt lag – das war aber auch schon das einzig Positive, was es zu verbuchen gab. Genervt packte Will den schreienden, gurgelnden und sich wie wild gebärdenden Ganoven und schleppte ihn an den Rand des Beckens. Er schob und zerrte ihn aufs Trockene.

Ächzend und prustend warf sich Gusano umher, spuckte und fluchte.

»Sind Sie fertig?«, erkundigte sich Donna ungerührt. »Dann werde ich Ihnen jetzt Handschellen anlegen und Ihnen Ihre Rechte vorlesen …«

Ruhig und beherrscht ging die junge FBI-Beamtin ihrer Routine nach, während sich Will fluchend und triefnass aus dem Becken schleppte und sich dabei vorkam wie ein Idiot. Das war das letzte Mal, dass er …

Plötzlich, von einem Augenblick zum anderen, geschah es!

Gerade als Will seinen Fuß auf den Beckenrand setzte, begann dieser, zu zittern und zu beben. Der junge G-man war sich nicht sicher, ob seine Sinne ihm einen Streich spielten – denn im nächsten Moment war es schon wieder vorbei.

»Donna?«, fragte er.

»Ich habe es auch gespürt, Partner.«

»Was?«, fragte Gusano entnervt. »Was haben Sie gespürt?«

»Ein Beben«, antwortete Will, während er wieder in seine Stiefel schlüpfte.

»Ein Beben?« In Gusanos Augen zuckte es panisch. »Sie meinen ein Erdbeben?«

»Ja«, sagte Will. »Kein Grund, sich gleich in die Hosen zu machen. War kaum zu spüren, nicht mal 1,0.«

»Si-si-sind Sie sicher?«

»Ganz sicher«, erwiderte Will, während er Gusano ergriff und davonschleppte. »Komm schon, Kumpel – du wirst erwartet ...«

Mike Drexler hielt den Atem an, als der Computer die aktuellen seismischen Berechnungen ausspuckte.

Das Epizentrum des Bebens hatte im Süden gelegen, unweit des Temescal Valley, nicht wie sonst in den San Gabriel oder den San Bernardino Mountains. Nach Mikes Ansicht bestätigte das nur seine Theorie, dass sich dort unten etwas zusammenbraute. Etwas Großes ...

Wieder griff der junge Seismologe nach dem Stapel mit den Ausdrucken.

Tatsächlich.

Der erreichte Wert des Bebens, das sich vor wenigen Augenblicken ereignet hatte, deckte sich fast genau mit dem Exponentialwert, den der Computer errechnet hatte. Das bedeutete, dass das nächste Beben um ein vielfaches heftiger ausfallen würde.

Und das nächste wieder.

Und wieder.

So ging es immer weiter.

Mike hatte Recht gehabt. Die Intensität der Beben stieg sprunghaft an. ›The Big One‹ war im Anzug …

Die Erkenntnis traf den jungen Seismologen trotz allem wie ein Hammerschlag. Hatte er bislang nur vermutet, dass ein großes Beben bevorstand, so konnte er nun, nachdem sich seine Berechnungen zum guten Teil bestätigt hatten, ziemlich sicher gehen. Auch auf die Gefahr hin, dass er sich damit furchtbar unbeliebt machte, musste er erneut zu Fellner gehen und ihn darüber in Kenntnis setzen. Selbst wenn ihn der Abteilungsleiter dafür vor die Tür setzen würde.

Es war Mikes Pflicht, seine Vorgesetzten über ungewöhnliche seismische Vorkommnisse zu informieren.

Dafür wurde er immerhin bezahlt, es war sein Job.

Der junge Wissenschaftler verließ seinen Arbeitsplatz, trat hinaus auf den Korridor und schlug die Richtung zu Fellners Büro ein. Er brauchte nicht den ganzen Weg zu gehen – auf halber Strecke kam ihm der untersetzte Abteilungsleiter entgegen, zusammen mit Malcolm Greenbay, dem Leiter der städtischen Kommission für Erdbebenschutz.

»Verdammt«, stöhnte Mike leise. »Auch das noch …«

»… versichere ich Ihnen, das alles in Ordnung ist, Sir«, hörte er Fellner sagen. »Unsere Überwachungssysteme sind auf höchste Empfindlichkeit geschaltet. Sie können dem Bürgermeister mitteilen, dass keine Gefahr besteht. Sollte sich auch nur der geringste Hinweis darauf ergeben, dass ein Beben bevorsteht, werden unsere Frühwarnsysteme ansprechen und dafür sorgen, dass wir …«

Der Abteilungsleiter unterbrach sich, als er plötzlich Mike gewahrte, der mitten auf dem Gang stand, den Ausdruck mit der Exponentialkurve in Händen.

»Dr. Drexler«, sagte er in einem Tonfall, als hätte er Mike seit Jahren nicht mehr gesehen. »Sie wollen doch nicht etwa zu mir?«

»Offen gestanden doch, Sir«, erwiderte Mike. »Ich muss Sie dringend sprechen.«

»Jetzt nicht«, erwiderte Fellner schroff.

»Aber Sir!«, widersprach Mike, der nicht gewillt war, sich so einfach abspeisen zu lassen. »Dieses Beben vorhin! Haben Sie das nicht gespürt?«

»Beben?« Fellner schüttelte den Kopf, sandte Greenbay ein entschuldigendes Lächeln. »Das war doch kein Beben, Drexler! Das war allenfalls eine kleine seismische Unregelmäßigkeit.«

»Unter normalen Umständen würde ich Ihnen Recht geben, Sir«, hielt Mike dagegen, »aber das hier ist etwas anderes. Erinnern Sie sich noch, was ich Ihnen heute Morgen gesagt habe? Dass es in der Nacht eine Folge von seismischen Tätigkeiten gab?«

»Natürlich«, schnaubte Fellner. »Nichtigkeiten«, fügte er sofort hinzu, an Greenbay gewandt. »Lappalien, nicht der Rede wert ...«

»Für sich genommen nicht«, gestand Mike ein und hielt das Blatt mit seinen Berechnungen hoch. »Aber setzt man die Intensität all dieser Unregelmäßigkeiten in Relation zueinander, so erhält man eine Kurve, die exponentiell ansteigt. Das bedeutet, dass sich die Intensität der Beben weiter erhöhen wird, Sir – und zwar sprunghaft!«

»Dafür gibt es nicht einen Beweis«, sagte Fellner schnippisch, der sah, dass Greenbay unruhig zu werden begann. Das Letzte, was der Abteilungsleiter brauchen konnte, war ein mickriger kleiner Hilfswissenschaftler, der die Pferde scheu machte.

»Meine Theorie *ist* gerade dabei, sich zu beweisen, Sir«, konterte Mike. »Und offen gestanden will ich nicht dabei sein, wenn Mutter Natur ihr q.e.d* darunter setzt.«

»Sagen Sie, junger Freund«, schaltete sich Greenbay jetzt in den Disput ein, »wovon sprechen Sie eigentlich?«

»Ich spreche davon, dass die Intensität der Beben von Mal zu Mal ansteigt«, antwortete Mike. »Sie folgt einer exponentiellen Kurve.«

»Und was bedeutet das?«

Mike holte tief Luft für eine wissenschaftliche Erklärung, sah jedoch ein, dass dies keinen Zweck haben würde.

»Sagt Ihnen das Reistafelprinzip etwas?«, fragte er stattdessen.

»Äh – sollte es das?«

»Die Reistafel stammt aus der Mythologie und ist ein anschauliches Beispiel für eine exponentielle Entwicklung. Es handelt sich um eine Art Schachbrett, das auf wunderbare Weise Reis vermehren kann. Sie brauchen nur ein Korn auf das erste Feld zu legen, und schon erhalten Sie auf dem zweiten Feld zwei, dann vier, dann acht Reiskörner ...«

»Die Menge verdoppelt sich«, stellte Greenbay fest.

»Ja«, stimmte Mike zu. »Der Witz dabei ist, dass Sie schon nach ein paar Feldern Tausende von Reiskörnern haben, nach noch ein paar mehr sogar Millionen. Der Vermehrungsfaktor meiner Berechnungen«, Mike hielt den Ausdruck hoch, »ist exponentiell, also noch um einiges effektiver.«

»Und nach diesem Prinzip steigt die Intensität der Beben an?«, fragte Greenbay verunsichert.

»Soweit ich das bislang sagen kann – ja, Sir«, ant-

* quod erat demonstrandum – lat.: ›Was zu beweisen war‹, Schlussformel für mathematische Beweise

wortete Mike. »Es hat mit kaum merklichen Unregelmäßigkeiten begonnen – vor ein paar Minuten konnten wir die Auswirkungen erstmals spüren.«

»Na und?«, fragte Fellner schnippisch. »Vermutlich müssen in der Innenstadt ein paar Mülltonnen wieder aufgestellt werden. Kein Grund zur Besorgnis.«

»Noch nicht, Sir«, räumte Mike ein, »aber …«

»Genug damit!«, herrschte ihn der Abteilungsleiter an. »Ich muss mich für meinen Mitarbeiter entschuldigen, Sir. Dr. Drexler ist leider etwas übereifrig im Umgang mit …«

»Das ist kein Übereifer, Sir«, unterbrach Mike trotzig. »Wenn Sie doch nur …«

»Was?«, rief Fellner. »Was soll ich Ihrer Ansicht nach tun? Eine Erdbebenwarnung ausgeben? Den Leuten da draußen erzählen, dass ›The Big One‹ im Anrollen ist? Eine Massenpanik auslösen? Was, wenn die Übereinstimmung mit Ihren Berechnungen nur Zufall ist?«

»Und was, wenn es *kein* Zufall ist?«, fragte Mike dagegen. Er wandte sich beschwörend an Greenbay. »Wir müssen die Menschen warnen, Sir. Wenn die Werte weiter so ansteigen, wird spätestens heute Abend der Gipfel erreicht sein, und dann gibt es ein Beben, wie diese Stadt es noch nie erlebt hat. Noch hätten wir Zeit, eine Warnung herauszugeben. Bitte, Sir – denken Sie an die Verantwortung, die Sie den Bürgern dieser Stadt gegenüber tragen.«

»Und was ist mit *Ihrer* Verantwortung, Drexler?«, blaffte Fellner. »Halten Sie es für verantwortlich, auf Verdacht eine Massenpanik auszulösen, bei der vielleicht Hunderte von Menschen den Tod finden?«

»Aber wir müssen die Menschen doch warnen, wir …«

»Wir müssen gar nichts!«, beschied ihm Fellner

brüsk. »Leider haben Sie Mr. Greenbay gegenüber vergessen zu erwähnen, dass Sie bereits mehrmals ein großes Beben vorausgesagt haben – und jedesmal daneben lagen!«

»Ich weiß, Sir, aber ich …«

»Ihre Berechnungen, Dr. Drexler, sind das Papier nicht wert, auf dem sie ausgedruckt wurden. Ich sage Ihnen, was wir tun werden: überhaupt nichts!«

»Überhaupt nichts?« Mike machte große Augen. »Aber … Sie können das doch nicht einfach ignorieren, Sir. Mr. Greenbay …«

»Mr. Greenbay wird genau das tun, was das Institut ihm rät«, fiel Fellner ihm ins Wort. »Und wir sagen: abwarten!«

»Abwarten?« Mike schnappte nach Luft. »Dann ist es vielleicht zu spät!«

»Die Menschen in dieser Stadt haben gelernt, mit der Gefahr von Erdbeben zu leben, junger Mann«, sagte nun Greenbay. »Selbst wenn es ein größeres Beben geben sollte – wir sind gut darauf vorbereitet.«

»Die Villen der Reichen vielleicht und die Bürotürme in Downtown«, versetzte Mike. »Ich möchte wetten, dass sie einem stärkeren Beben standhalten können. Aber was ist mit den Slums, den Südbezirken der Stadt? Sie wissen sehr gut, was dort passiert, wenn sich dort ein Erdbeben der Stärke 8 oder stärker ereignet. Wir müssen die Menschen informieren. Wir müssen South Central L.A. evakuieren!«

»Sie wissen ja nicht, was Sie reden! Massenpanik, Plünderer, Hysterie in den Straßen! Haben Sie den Mob schon einmal in Aufruhr erlebt, Drexler? Ich war dabei, als die Schwarzen damals in Watts Randale machten. Da waren Sie noch nicht mal geboren, also erzählen Sie mir nicht, was wir zu tun und zu lassen haben. Wir werden nichts unternehmen. Gar nichts.«

»Sir, bitte!«, sagte Mike, doch an der unbewegten Miene von Greenbay konnte er deutlich erkennen, dass seine Worte auch bei ihm auf taube Ohren stießen.

»Tut mir Leid, junger Freund«, sagte Greenbay mit der öligen Stimme eines Politikers, der um jeden Preis die nächste Wahl gewinnen will. »Dr. Fellner ist ein anerkannter Wissenschaftler. Ich habe keinen Grund, seinem Urteil nicht zu vertrauen.«

»Danke, Sir«, sagte Fellner. »Sie werden Ihre Entscheidung gewiss nicht bereuen.«

»Das kann ich nur hoffen«, sagte Mike tonlos. Dann wandte er sich ab, ging frustriert den Korridor hinab.

Seine Karriere war gerade durchs Klo gerauscht – er konnte nur hoffen, dass das alles war, was heute vor die Hunde ging ...

Phil und ich saßen bei Mr. High im Büro.

»Gute Arbeit, Gentlemen«, lobte uns der SAC des New Yorker FBI-Büros. »Die Aktion ›Sudden Death‹ war ein voller Erfolg. Sowohl Diego Viscar als auch sein Buchhalter Gregor Gusano konnten gefasst werden. Ich gratuliere.«

»Danke, Sir«, erwiderte ich, »auch wenn wir nur die Hälfte des Ruhms für uns in Anspruch nehmen dürfen – mit Gusanos Festnahme hatten wir schließlich nichts zu tun.««

»Stellen Sie Ihr Licht nicht unter den Scheffel, Jerry«, meinte Mr. High. »Viscar zu verhaften, war ein schönes Stück Arbeit. Und jetzt, wo wir ihn endlich haben, sollte es uns gelingen, ihn festzunageln.«

»Das kann ich nur hoffen«, schnaubte Phil. »Wie wird es jetzt mit ihm weitergehen?«

»Ich habe gehofft, dass Sie mich das fragen würden,

Phil«, erwiderte Mr. High. »Die Staatsanwaltschaft in Los Angeles leitet die Ermittlungen im Fall Viscar. Gegenwärtig wird sein Buchhalter vernommen. Um einen möglichst raschen und reibungslosen Ablauf der Ermittlungen zu gewährleisten, ist es notwendig, dass Viscar unverzüglich und ohne Aufhebens nach Kalifornien überstellt wird – bevor die Nachricht von seiner Verhaftung in der Unterwelt die Runde macht und Befreiungsversuche unternommen werden können.«

»Ich verstehe, Sir«, sagte ich. »Allerdings ist eine solche Überstellung nicht ganz ungefährlich. Haben Sie schon einen Agenten im Auge, der den Job übernehmen soll?«

»Habe ich, meine Herren«, versicherte Mr. High. »Zwei sogar, um genau zu sein. *Sie* beide, Gentlemen.«

»Wir?« Phil machte große Augen.

»Allerdings.« Mr. High nickte. »Sie beide werden noch heute nach Los Angeles fliegen und Diego Viscar dem dortigen Field Office übergeben. Anschließend verbringen Sie noch ein paar Tage in Los Angeles und gehen der Staatsanwaltschaft zur Hand – und Viscar verbringt die besten Jahre seines Lebens mit Tütenkleben.«

Über Mr. Highs Züge glitt der Anflug eines Lächelns.

Dass der SAC uns bereits fest für den Job eingeplant hatte, merkten wir spätestens, als er uns zwei Tickets über den Tisch schob.

»Ihr Flug geht in eineinhalb Stunden«, setzte er uns in Kenntnis. »Sie sollten noch genügend Zeit haben, zu packen.«

»Eine Frage noch, Sir«, sagte ich, während ich die Tickets entgegennahm. »Wer sind die G-men, die Gregor Gusano gefasst haben? Mit wem werden wir in Los Angeles zusammenarbeiten?«

»Sie würden mich das nicht fragen, wenn Sie die Antwort nicht schon ahnen würden, Jerry«, meinte Mr. High mit hintergründigem Lächeln. »Mr. Gusano wurde von den Agenten Will Cotton und Donna Sullivan gefasst.«

Ich seufzte. Wieso nur hatte mir schon so etwas geschwant ...?

Will Cotton, der Sohn meines älteren Bruders, war im Grunde ein netter Kerl – aber er konnte auch eine echte Nervensäge sein. Und seine draufgängerische Einstellung und die Rambo-Nummern, die er ständig abzog, vertrugen sich mit meiner Auffassung von Verantwortung und Dienstpflicht ungefähr so gut wie Feuer und Eis ...

»Kopf hoch, Jerry«, ermunterte mich Mr. High. »Ich darf Sie daran erinnern, dass Ihre bisherigen Einsätze mit Will Cotton stets von großen Erfolgen gekrönt waren.«

»Ja, Sir«, sagte ich leise. »Danke, Sir.«

2.

Die Erde bebt!

Gegen 5.30 p.m. Ortszeit kamen wir in Los Angeles an – dank der Zeitverschiebung zwischen East- und der Westcoast hatten wir drei Stunden dazugewonnen. So wurden wir Zeuge eines typisch kalifornischen Sonnenuntergangs, als unser Flugzeug auf Landebahn D-27 des Lakewood Airport niederging.

Anders als sonst bei Dienstflügen üblich, hatte die Behörde diesmal weder Kosten noch Mühen gescheut und uns einen separaten Abschnitt im First-Class-Bereich reserviert.

Der Kolumbianer, der nach so langer Zeit der Justiz endlich ins Netz gegangen war, gab sich alle Mühe, nach außen ruhig und beherrscht zu wirken, doch am unruhigen Flackern seiner dunklen Augen konnte ich sehen, dass er sich Sorgen machte.

Große Sorgen …

Wahrscheinlich fragte er sich, was wir gegen ihn in der Hand hatten. Diesmal hatten ihm auch seine Anwälte nicht gleich wieder herauspauken können, und mit etwas Glück hatte Gusano inzwischen genug schmutzige Wäsche ausgepackt, um der Staatsanwaltschaft eine Anklage zu ermöglichen.

Viscar schien all das zu ahnen – die Laune, die er verbreitete, war beinahe tödlich, die Blicke, mit denen er uns bedachte, enthielten pures Gift.

Der Syndikatsboss ließ sich nicht dazu herab, mit uns auch nur ein Wort zu wechseln. Damit machte er deutlich, dass wir unter seiner Würde waren, dass er nicht gewillt war, sich mit Chargen wie uns abzugeben.

Uns konnte das nur Recht sein.

Viscar war ein Ganove der schlimmsten Sorte, sein Drogensyndikat hatte unzähligen Menschen den Tod gebracht und sich auf den Straßen von New York mit rücksichtsloser Brutalität durchgesetzt. Der Kolumbianer mochte einen schicken Anzug tragen und in den feinsten Lokalen dinieren – er war dennoch nichts als ein gewöhnlicher Verbrecher. Wenn er am Ende im Knast landete und für seine Untaten büßte, würden viele Menschen aufatmen.

Die Flugbegleiterinnen wussten über unsere prekäre ›Fracht‹ Bescheid. Wir durften als Erste das Flugzeug verlassen, nachdem die Maschine am Terminal angedockt hatte. Durch einen Nebenausgang umgingen wir die belebte Ankunftshalle und gelangten in den Zollverschlussbereich, wo wir bereits erwartet wurden.

Ich sah FBI-Agentin Donna Sullivan schon von weitem und muss gestehen, dass ich einigermaßen erleichtert darüber war, dass Will nicht mitgekommen zu sein schien – ihm würden wir noch früh genug begegnen.

Unsere junge Kollegin bot dafür einen um so erbauenderen Anblick. Donna sah von Mal zu Mal hübscher aus, ihr sonnengebräunter Teint und das schulterlange Haar standen ihr ausgezeichnet.

»Aha«, meinte Viscar, zum ersten Mal seit unseres Abflugs aus New York sein Schweigen brechend. »Offenbar scheint man beim hiesigen FBI etwas mehr Stil zu haben als in New York. Endlich mal wird etwas fürs Auge geboten.«

»Halten Sie die Klappe, Viscar!«, wies Phil den Ganoven an, während wir die Absperrung hinter uns ließen und zu Donna gingen, die uns bereits gesehen hatte.

»Hallo, Jerry«, sagte sie und beugte sich vor, um mir einen flüchtigen Kuss auf die Wange zu hauchen. »Schön, dass ihr da seid. Hallo, Phil.«

»Hi, Donna.« Auch mein Partner erhielt einen Wangenkuss.

»Was ist mit mir?«, fragte Viscar und setzte ein Zuhältergrinsen auf. »Bekomme ich auch ein Küschen?«

»Eher bekommen Sie meine *Schuhsohle* ins Gesicht, Viscar«, konterte Donna. Sie hatte unseren mit Handschellen gefesselten Ehrengast sofort erkannte.

Phil musste lachen, und Viscar machte ein Gesicht, als ob er in eine Zitrone gebissen hätte.

»Wir sollten gehen«, sagte ich, mich besorgt umblickend.

»Du hast Recht.« Donna nickte. »Mein Wagen parkt direkt vor der Tür.«

Die FBI-Agentin schlug den Weg zum Ausgang ein. Phil und ich folgten ihr, Viscar in unserer Mitte.

»Wo ist Will?«, erkundigte sich Phil beiläufig.

»Er ist im Büro geblieben«, antwortete Donna. »Er hat noch eine Befragung durchzuführen. Er sagte, ihr würdet euch noch früh genug sehen.«

»Zweifellos«, knurrte ich halblaut.

Wir verließen das Gebäude und gelangten zum Parkplatz, wo Donna ihren Dienstwagen abgestellt hatte – einen gediegenen dunkelblauen Buick. Die junge Agentin nahm hinter dem Steuer Platz, und Phil setzte sich neben sie, während ich Viscar auf die Rückbank schob und mich ebenfalls dort niederließ.

»Schön ruhig«, raunte ich dem Ganoven zu. »Wir machen nur eine kleine Stadtrundfahrt …«

Donna ließ den Motor an und steuerte den Buick vom Parkplatz. Auf dem Zubringer zum Freeway herrschte völliges Chaos, der Wahnsinn der Rush-hour, die jeden Abend die Verkehrsadern von Los Angeles kollabieren ließ.

»Großartig«, meinte Phil. »Und da heißt es immer, Kalifornien soll gesund sein. Und entspannend. Wir sollten ...«

Phil verstummte, denn plötzlich durchlief ein heftiges Rumpeln den Wagen.

Ich dachte zuerst, ein anderes Fahrzeug wäre uns hinten aufgefahren, doch dann begriff ich, dass es die Erde war, die bebte.

Fünf, sechs Sekunden lang.

Dann war der Spuk wieder vorbei.

»Ups«, machte Phil. »Was war das?«

»Nur ein harmloses Beben, Leute«, meinte Donna, amüsiert über unsere blassen Gesichter. »Das geht schon den ganzen Tag über so.«

»Tatsächlich?«, fragte Phil. »Und ihr seid überhaupt nicht ... beunruhigt?«

»Ach wo. Im Radio haben sie vorhin was darüber gebracht. Kein Grund zur Besorgnis. Ist bald vorbei.«

»Dann ist es gut«, meinte Phil, dem deutlich anzusehen war, dass er es nicht geheuer fand, wenn die Erde unter seinen Füßen wackelte.

»Wir Angelinos haben uns daran gewöhnt«, erläuterte Donna. »Ihr braucht euch wirklich keine Sorgen zu machen. Das hier ist Los Angeles. Hier ist es ganz normal, wenn die Erde bebt ...«.

In Mike Drexlers Kehle hatte sich ein dicker Kloß gebildet. Der junge Seismologe starrte wie gebannt auf den Monitor des Computers und wartete darauf, dass der Rechner die Messwerte des jüngsten Bebens ausspuckte.

Diesmal war das Rumpeln schon deutlicher spürbar gewesen – ob es gereicht hatte, Fellners Chefsessel so durchzurütteln, dass der selbstgefällige Abteilungsleiter endlich zur Besinnung kam, bezweifelte Mike allerdings.

Ungeduldig wartete er, bis ihm die aktuellen Messwerte und Berechnungen vorlagen – und hielt den Atem an, als er sah, dass die Werte denen, die er mit seiner Exponentialtheorie ausgerechnet hatte, erneut erstaunlich nahe kamen.

Natürlich gab es Abweichungen – in der Natur gab es unzählige Einflüsse und Unwägbarkeiten, die sich in einem theoretischen Modell unmöglich alle berücksichtigen ließen. Aber die *Tendenz* war deutlich zu erkennen: Ein großes Beben bahnte sich an, mit einer Vehemenz und Geschwindigkeit, die das Fassungsvermögen von Fellner und seinem müden Haufen bei weitem überstieg. Noch dazu verkürzten sich die Abständen zwischen den Beben. Das konnte nur bedeuten, dass das Beben bald seinen Höhepunkt erreichen würde, vielleicht schon in wenigen Stunden …

Fieberhaft überlegte Mike, was zu tun war.

Sollte er einen erneuten Versuch unternehmen, seine Vorgesetzten vor der bevorstehenden Gefahr zu warnen?

Nein.

Mike schüttelte entschieden den Kopf.

Er wollte die wenigen Stunden Vorwarnzeit, die ihnen maximal noch blieben, nicht damit verschwenden, seinem bornierten Abteilungsleiter Dinge zu erklären, die dieser nicht verstand.

Er hatte sich redlich bemüht, *im Einvernehmen* mit seiner Behörde die Menschen vor der bevorstehenden Gefahr zu warnen. Wenn es so nicht funktionierte, musste er eben auf eigene Faust handeln …

Kurzerhand griff Mike zum Telefon und tippte eine Nummer ins Tastenfeld. Sein Freund Sam Stone war jetzt genau der Mann, den er brauchte.

Es brauchte drei Versuche, bis er eine freie Leitung bekam – offenbar liefen die Drähte im Institut nach dem letzten Beben heiß. Zahllose beunruhigte Menschen riefen an und wollten wissen, ob Gefahr drohe.

Dann endlich stand die Verbindung. Ein hohles Tuten drang aus der Leitung, dann ein leises Klicken, und die freundliche Stimme einer jungen Frau erklang.

»KNKF Radio – was kann ich für Sie tun?«

»Guten Tag, Miss«, meldete sich Mike hastig, »hier ist Dr. Drexler vom städtischen Institut für seismologische Forschungen. Ich hätte gerne Samuel Stone gesprochen.«

»Einen Augenblick, bitte«, sagte die junge Frau – um unmittelbar darauf einen bedauernden Laut von sich zu geben. »Tut mir Leid, Dr. Drexler – Mr. Stone telefoniert gerade auf einer anderen Leitung.«

»Stellen Sie mich zu ihm durch«, bat Mike. »Bitte, Miss! Es ist dringend! Ich bin ein Freund von ihm und habe eine brandheiße Story. Ich versichere Ihnen ...«

Plötzlich knackte es in der Leitung – und statt der Stimme der Sekretärin war erneut das hohle Tuten zu hören.

»Verdammt!«, stieß Mike hervor. »Das darf doch nicht wahr sein! Ausgerechnet jetzt!«

Hastig versuchte er noch mal, die Radiostation zu erreichen – aber diesmal kam die Verbindung erst gar nicht mehr zustanden. Der Ansturm von Anrufen hatte die Leitungen im Institut zusammenbrechen lasse. Dabei war das bisschen Gerumpel erst ein winziger Vorgeschmack von dem gewesen, was noch folgen würde.

»Verdammt!«, knurrte Mike erneut.

Was sollte er jetzt tun? Weiter versuchen, Sam telefonisch zu erreichen? Spätestens nach dem nächsten Beben würden die Leitungen vollends zusammenbrechen.

Der junge Wissenschaftler warf einen flüchtigen Blick auf seine Armbanduhr.

Zehn vor sechs.

Gleich würde er ohnehin Dienstschluss haben. Warum diesen deprimierenden Arbeitstag nicht um ein paar Minuten abkürzen?

Kurzentschlossen fuhr Mike sein Terminal herunter und verließ das Büro. Mit ausgreifenden Schritten stach er hinaus auf den Korridor, vorbei an Kollegen, die über ihn den Kopf schüttelten und miteinander tuschelten.

Mike wusste genau, was sie von ihm hielten.

Nach mehreren falschen Vorhersagen großer Erdbeben im Raum Los Angeles hielten sie ihn ohnehin schon für einen Idioten, und seinen Streit mit Fellner auf dem Gang hatten viele mitbekommen.

Sollten sie doch von ihm denken, was sie wollten. Er wusste, dass sich dort unten, tief unter der Erde, etwas anbahnte – und er würde alles unternehmen, was nötig war, um die Einwohner dieser Stadt davor zu warnen …

Durch das gläserne Portal des Institutsgebäudes hetzte Mike hinaus auf den Parkplatz. Es war ihm gleichgültig, sollte ihn der Portier an Fellner verpfeifen. Nach der Vorstellung von heute Nachmittag hatte er am Institut ohnehin keine große Zukunft mehr. Und wenn er erst seine Erdbebenwarnung im Radio durchgegeben hatte, würde er sich unter Garantie einen neuen Job suchen müssen …

Mike lief zu seinem Wagen – einem alten Chevy

Cavalier, den er auf dem Parkplatz abgestellt hatte. Das Sendegebäude von KNKF befand sich mitten in Downtown. Mit etwas Glück war er in fünfzehn Minuten dort.

Er stieg gerade in den Wagen, als der Boden unter seinen Füßen erneut zu beben begann.

Mike hielt den Atem an, zählte in Gedanken mit.

Das Beben war heftiger als zuvor, ohne Frage. Dann war es auch schon wieder vorbei.

Acht Sekunden – und die Zyklen zwischen den Beben wurden immer kürzer.

Mike holte tief Luft. Er musste die Stadt warnen. Ein großes Beben stand bevor – und die Zeit drängte …

»… lag das Epizentrum des jüngsten Bebens erneut im Süden der Stadt. Menschen kamen nach Auskunft des städtischen Bevollmächtigten für Erdbebenschutz, Malcolm Greenbay, dabei nicht zu Schaden. Wie Mr. Greenbay weiter verlauten ließ, besteht kein Anlaß zur Sorge – die Beben seinen lediglich die Folge seismischer Unregelmäßigkeiten, wie sie in dieser Gegend völlig normal seien. Im Anschluss an diese Sendung übertragen wir ein Exklusivinterview mit Edward Fellner, dem Leiter des …«

»Ich hoffe, diese Jungs wissen, was sie sagen«, meinte Phil mit skeptischem Blick auf das Autoradio.

»Ich hoffe es auch«, sagte Donna, während sie den Buick über die dicht befahrene Interstate steuerte.

Auf der gegenüberliegenden Seite des Harbor Freeway bahnte sich eine Kolonne von Fire Trucks einen Weg durch die zäh dahinfließende Blechlawine. Mit heulenden Sirenen rasten die bulligen Fahrzeuge an uns vorbei, fuhren an der nächsten Ausfahrt ab. Inmitten des endlos scheinenden Häusermeers, das sich jenseits der breiten Straße erstreckte, gewahrten wir in der einbrechenden Dunkelheit mehrere brennende Häuser.

»Feuer«, sagte Phil erschrocken. »Ganz ehrlich, Donna, ich weiß nicht, was ihr Angelinos noch für normal haltet – aber bei uns zu Hause im Big Apple würden wir uns jetzt ernsthafte Sorgen machen …«

»Machen wir uns auch, Phil«, versicherte Donna tonlos. »Wir auch …«

»Was haltet ihr davon, wenn wir es den Kollegen vom Fire Department nachmachen und zusehen, dass wir vom Fleck kommen?«, fragte ich mit Seitenblick auf Viscar.

»Gute Idee«, meinte Donna. Kurzerhand stellte unsere junge Kollegin die Sirene und das Rotlicht an, das auf dem Armaturenbrett montiert war. Die Fahrzeuge, die vor uns im Stau standen, bildeten eine Gasse, um uns durch zu lassen.

Das Vorankommen war noch immer zäh und mühsam, aber immerhin kamen wir wieder vom Fleck, im Gegensatz zum restlichen Verkehr, der sich geradezu festgefressen hatte. Dazu drängten über die Zufahrten noch immer mehr Fahrzeugen heran – endlose Schlangen von weißen und roten Lichtern in der einbrechenden Dämmerung.

»Was ist nur los hier?«, fragte Donna. »Ich meine, zur Rus-hour geht es hier immer ziemlich geschäftig zu, aber so etwas habe ich noch nie erlebt.«

»Was wohl?«, meinte Phil. »Die Leute haben Angst. Offenbar haben die Beben in den Südbezirken mehr Schaden angerichtet, als der Kerl im Radio zugeben wollte. Wie es aussieht, haben einige beschlossen, die Stadt zu verlassen.«

»Schlechte Idee«, brummte Donna und trat auf die

Bremsen. Vor uns war der Freeway so verstopft, dass selbst für FBI-Beamte im Einsatz kein Durchkommen mehr war. Aus den sonst sechs Fahrspuren waren zehn geworden, und dicht an dicht drängte sich das Blech.

Jetzt ging gar nichts mehr.

Wir steckten ebenso fest wie alle anderen – inmitten einer Stadt, in der die Panik zu erwachen begann …

»Verdammt! Verdammt!«, rief Mike aus, während er über die Central Avenue Richtung Downtown rollte – im Schneckentempo und inmitten eines gewaltigen Staus.

Vielleicht, so sagte er sich, hätte er doch lieber den Freeway nehmen sollen. Aber wahrscheinlich war der ebenso verstopft wie die alle anderen Highways und Hauptverkehrsadern der Stadt. Wie sollte er es jetzt noch schaffen, rechtzeitig ins Sendegebäude von KNKF zu gelangen und Sam über seine Entdeckung zu informieren?

Wenn dieser Verkehrsstau noch lange anhielt, *brauchte* er die Menschen nicht mehr vor dem Beben zu warnen – dann würden sie es am eigenen Leib und unmittelbar mitbekommen …

Noch ein Stück schleppte sich der Verkehr zähfließend und mühsam voran, um sich dann endgültig festzufahren, auf einem Viadukt, das quer über ein Viertel heruntergekommener Wohnhäuser führte.

»Verdammter Mist!«, rief Mike und hieb frustriert auf den Lenkradkranz. Hektisch fingerte er am Drehknopf des alten Autoradios herum, um einen Hinweis darauf zu bekommen, wie man am schnellsten nach Downtown gelangte.

Es war ein einziges Fiasko.

Die Lokalsender überschlugen sich mit Verkehrsdurchsagen und Staumeldungen, nahezu alle größeren Straßen der Stadt schienen verstopft zu sein. Offenbar hatte das jüngste Beben in den Südbezirken ein paar Schäden angerichtet und eine erste Fluchtwelle ausgelöst.

Immerhin, dachte Mike missmutig.

Dennoch saßen noch viel zu viele Menschen in den Slums in ihren Häusern, zögerten noch, ihr Heim zu verlassen. Wenn das Beben kam, würde es sie völlig unerwartet treffen. Man musste sie warnen.

Deprimiert blickte der junge Mike von seinem alten Radio auf, schaute auf die von Blech verstopfte Straße und sah, wie der Kerl, der in dem Wagen vor im saß, mit einem Handy telefonierte.

Ein Handy – das war die Idee!

Auf diese Weise konnte Mike versuchen, Sam Stone im Sender zu erreichen …

Kurz entschlossen stieg der junge Wissenschaftler aus und trat an die Fahrertür des anderen Wagens. Der Mann hatte die Scheibe heruntergelassen.

»Nein, Schatz, warte nicht mit dem Essen auf mich, ich stehe hier im Stau. – Das weiß ich nicht, sieht ziemlich übel aus. – Was soll das heißen, du glaubst mir nicht? – Was, bitte, hat denn meine Sekretärin damit zu tun …?«

»Äh, Sir?« Mit einem zaghaften Lächeln beugte sich Mike hinab und blickte durch das offene Fenster. Der Mann am Steuer hatte einen knallroten Kopf, schien sich schrecklich aufzuregen.

»Nein, Glayds ist nicht bei mir! Wie kommst du darauf? – Was soll das heißen, du kannst mir nicht vertrauen? Ich …«

»*Sir*«, sagte Mike, diesmal lauter. »Entschuldigen Sie bitte …«

»Augenblick, Schatz. Da ist irgend so ein Idiot am Fenster ... – Was wollen Sie, Kumpel? Kleingeld? Meine Windschutzscheibe waschen? Meinen Wagen polieren? Ich gebe Bettlern grundsätzlich kein Geld!«

»Ihr Kleingeld können Sie behalten, Sir«, erwiderte Mike. »Ich wollte Sie fragen, ob ich mir kurz Ihr Handy leihen, nur für einen Augenblick. Ich habe ein dringendes Telefonat zu führen.«

Der Mann im Wagen starrte Mike fassungslos an. »Ist ja unglaublich«, meinte er dann kopfschüttelnd und widmete sich dann wieder dem Streit mit seiner Frau. So, als wäre Mike gar nicht da.

»Tut mir Leid, Schatz. Also, was ...? – Ach, nur irgend so ein Penner, der sich mein Handy ausleihen wollte. – Natürlich stehe ich im Stau, ich hatte es dir doch gesagt ...«

»Verdammt!« Mike platzte der Kragen. Kurzerhand riss er dem Fahrer das Handy aus der Hand.

»Was fällt Ihnen ein?«, japste der Mann, und sein Gesicht wurde noch roter.

»Er ruft Sie zurück, Ma'am«, sagte Mike in das kleine Gerät, dann unterbrach er die Verbindung, wählte stattdessen Sams Nummer.

»Sind Sie übergeschnappt, Mann?«, ereiferte sich der Besitzer des kleinen Telefons. »Geben Sie mir sofort mein Handy zurück, oder ich werde ...«

»Halten Sie die Klappe!«, herrschte Mike den Fremden an. »Hier geht es um Leben und Tod, verstanden? Also halten Sie verdammt nochmal den Rand und lassen Sie mich telefonieren, okay?«

Hastig und mit vor Aufregung zitternden Händen wählte Mike die Nummer der Radiostation – besetzt.

Mit einer Verwünschung auf den Lippen versuchte es der junge Wissenschaftler noch einmal und ...

In diesem Moment durchfuhren Stöße von solcher

Heftigkeit den Erdboden, dass Mike sofort bewusst war, dass sich der Anruf erledigt hatte.

Es war geschehen!

Der Exponentialfaktor hatte gegriffen und der Stadt das erste heftige Beben beschert – und das viel früher, als Mike befürchtet hatte …

Ein Rumpeln durchlief den Erdboden, als würde die gesamte Stadt in ihren Grundfesten erschüttert, und alles ringsum – die Wagen, die Brücke, die Häuser, die sich unten von Horizont zu Horizont erstreckten – begannen zu beben.

Mike hörte die panischen Schreie der Menschen in ihren Autos, wusste, dass es zu spät war für jede Warnung.

Es war soweit.

Das Beben begann.

»Scheiße!«, stieß der Seismologe hervor.

Dann wurde er von den Beinen gerissen …

Auge in Auge standen sie einander gegenüber. Zum ersten Mal seit langer Zeit.

Gewöhnlich ließen sich die Anführer der Gangs nicht dazu herab, selbst die Straßen der Stadt zu durchstreifen, gefielen sich besser darin, von ihren Schlupfwinkeln aus die Fäden zu ziehen und ihre Viertel zu kontrollieren, indem sie ihre Killertrupps auf Beutezug schickten.

Doch heute war eine Ausnahme.

Ein Treffen zwischen den Wortführern der Sangres und der Hoods war anberaumt worden, auf neutralem Boden zwischen den Bezirken, die die beiden Gangs für sich beanspruchten.

Die Hormosa Street verlief genau zwischen den Territorien.

Auf der einen Seite der Straße waren die Laternen- und Telefonmasten mit den schwarzen Tüchern der Hoods markiert, auf der anderen mit den blutroten Bannern der Sangres.

In der glutigen Dämmerung, die sich weit im Westen jenseits der gedrungenen, heruntergekommenen Häuser von South Central L.A. abzeichnete, traten sie sich gegenüber.

Reece Jones, den alle nur ›Thrax‹ nannten, Anführer der Hoods. Und Ricardo Gomez, Oberhaupt der Sangres …

Die beiden jungen Männer, die beide erst Mitte zwanzig waren und dabei zu den Ältesten in ihren Gangs gehörten, traten einander mit eisigen Blicken entgegen. Beide trugen die traditionelle Kleidung ihrer Gangs. Thrax ein Kapuzenshirt und eine protzige Goldkette mit dem Emblem seiner Gang, Ricardo Lederklamotten in schreiendem Rot.

Beide trugen die Farben ihrer Bande mit Stolz. Wer in den Slums von Los Angeles aufwuchs, der hatte nicht viel, worauf er stolz sein konnte, gehörte zu den Verlorenen der Gesellschaft. Inmitten von Armut, Alkohol, Elend und Drogen war die Gang einfach alles.

Sie war Familie, bot Sicherheit und Schutz. Und allzu oft brachte sie den Tod …

»Ihr habt drei von meinen Leuten auf offener Straße erschossen«, stellte Ricardo vorwurfsvoll fest. Über seine charismatischen kantigen Züge verlief eine hässliche Narbe. Souvenir an das Ritual, das ihn einst zum Oberhaupt der Sangres gemacht hatte.

»Sie hatten es verdient«, konterte Thrax kalt. Der hünenhafte Schwarze machte kein Hehl daraus, dass er den Latino am liebsten an Ort und Stelle umgebracht hätte.

Ricardo nickte, blickte sich in der menschenleeren Straße um. Die Nachricht, dass die Oberhäupter der beiden Gangs ein Treffen abhalten würden, hatte sich wie ein Lauffeuer in den Slums verbreitet. Und der Umstand, dass sich niemand, nicht einmal die Polizei, in das Viertel wagte, zeigte, wie sehr die Gangs gefürchtet waren.

»Sie waren meine Freunde«, erklärte Ricardo. »Einer von ihnen war wie ein Bruder für mich. Deine Leute haben ihn auf offener Straße erschossen.«

»Weil deine Freunde zwei von meinen Jungs umgelegt haben«, konterte Thrax.

»Zwei«, erwiderte Ricardo. »Deine Killer haben aber drei von meinen Leuten getötet. Du weißt, wohin das führt. Wir töten vier von euch, ihr tötet fünf von uns, und immer so weiter. Ehe wir uns umsehen, haben die anderen Gangs sich das Viertel geschnappt.«

»Aasgeier«, sagte Thrax verächtlich. »Die warten nur darauf, dass wir uns gegenseitig fertigmachen.«

»Genauso ist es.« Ricardo nickte. »Also was ist? Werden wir uns einigen?«

»Mach einen Vorschlag.«

»Ganz einfach. Du lieferst mir den Mörder meines Freundes aus. Ein Leben für ein Leben. Dann sind wir quitt.«

Thrax schaute den Anführer der Sangres an, als hätte dieser den Verstand verloren. Dann begann er leise zu lachen.

»Was ist?«, fragte Ricardo.

»Du musst dein letztes bisschen Verstand mit der letzten Bahn Koks weggeschnieft haben«, erwiderte Thrax, und schlagartig wich das Lächeln aus seinem Gesicht. »Würdest du auch nur einen von deinen Jungs an uns ausliefern?«

»Niemals.« Ricardo schüttelte den Kopf. »Aber ich bin auch kein mieser Feigling, der seine Feinde hinterrücks erschießen läßt.«

In Thrax' Zügen zuckte es, er fletschte seine weißen Zähne. »Nimm das zurück«, knurrte er.

»Nein, Hombre«, erwiderte Ricardo grinsend. »Entweder, du lieferst mir den verdammten Scheißkerl aus, der Ferdinando getötet hat, damit ich ihm eigenhändig das Herz aus der Brust reißen kann. Oder ihr Nigger habt mehr Ärger am Hacken, als ihr vertragen könnt.«

»Und das von einem Latino-Schwein, dessen Mutter eine miese Hure war«, konterte Thrax. Und auch seine Worte verfehlten ihre Wirkung nicht.

»Du weigerst dich also, Nandos Mörder herauszugeben?«, rief Ricardo mit vor Zorn bebender Stimme.

»Genau so ist es.« Thrax nickte, sein Grinsen war diabolisch.

»Pah«, machte der Anführer der Sangres verächtlich und spuckte aus. »Ich habe geahnt, dass du mit deinem Affenhirn die Situation nicht kapieren würdest. Deshalb habe ich vorgesorgt …«

Der Gangleader hob seinen rechten Arm, und auf der Seite der Straße, die zum Revier der Sangres gehörte, tauchten plötzlich unzählige junge Männer und Frauen in roten Lederklamotten auf. In ihren Händen hielten sie Butterfly-Messer, Baseballschläger und sogar großkalibrige Revolver.

Über Ricardos schmale Züge huschte ein selbstgefälliges Grinsen. Doch das erhoffte Entsetzen in den Zügen seines Rivalen blieb aus.

»Irgendwie«, erwiderte Thrax ruhig, »dachte ich mir, dass den Worten eines verdammten Hurensohnes nicht zu trauen ist …«

Der Anführer der Hoods hob seinerseits den Arm,

und auf seiner Seite der Straße erschienen ebenfalls unzählige Bewaffnete, junge Männer, halbe Kinder noch, die gekleidet waren wie er und ebenfalls bis an die Zähne bewaffnet waren. Hinter Mauern und aus Hauseingängen kamen sie hervor, auf den flachen Dächern der Häuser tauchten sie plötzlich auf, krochen aus den Schächten der Kanalisation.

Erbittert standen sich die Mitglieder der beiden Gangs gegenüber.

»Ihr habt keine Chance!«, rief Thrax. »Zieht euch in die Löcher zurück, aus denen ihr gekrochen seid, ehe wir euch alle massakrieren!«

»Große Töne!«, entgegnete Ricardo voller Hass. »Wenn wir mit euch fertig sind, werden wir eure verdammten Kadaver an die Laternenmasten hängen. *Das* wird unser neues Revier markieren!«

»Ich wusste, dass euch nicht zu trauen ist. Ich hielt dieses Treffen von Anfang an für einen Fehler.«

»So wie ich. Also warum hören wir nicht endlich auf mit dem Gequatsche und bringen diese Sache endlich hinter uns?«

»Gute Idee«, erwiderte Thrax. Und er zauberte unter seinem weiten Sweatshirt unvermittelt einen Revolver hervor.

»Dann mal los!«, knurrte Ricardo, griff unter seine Lederjacke und zog ebenfalls einen Revolver.

Schweigend legten die Anführer der beiden Gangs aufeinander an. Und ihre Gefolgsleute, auf jeder Seite der Straße an die hundert, taten es ihnen gleich.

Der Augenblick vor dem Kampf, der Wahnsinn des Krieges inmitten der Zivilisation …

Ricardos Mundwinkel zogen sich verächtlich nach unten.

Er hatte keine Furcht vor dem Tod. Das Leben bedeutete ihm nichts. Alles, was er wollte, war, möglichst viele dieser schwarzen Bastarde mit sich zu nehmen.

Thrax starrte ihn an, und sein Gesicht zeigte ebenfalls keine Angst.

Die Finger der beiden Gangleader krümmten sich um die Abzüge ihrer Waffen. Mordlust blitzte in ihren Augen, die nie etwas anderes gesehen hatten als Gewalt, Tod und Elend.

Ricardo spürte den Widerstand des Abzugs.

Schon spannten sich seine Muskeln, wollte er durchziehen – als plötzlich etwas Unerwartetes geschah!

Etwas, das Ricardo in seinem erst 25 Jahre währenden Leben noch nicht erlebt hatte. Jedenfalls nie in dieser Heftigkeit.

Es war ein Stoß, der geradewegs aus dem Inneren der Erde zu kommen schien und den Boden so heftig erschütterte, dass Ricardo das Gleichgewicht verlor und ins Taumeln geriet.

Atemlos wankte er zur Seite, fragte sich verwirrt, was geschehen war. Hatte er eine Kugel abbekommen? Aber es war kein Schusslärm zu hören, und auch kein Kampfgebrüll. Was also war passiert?

Dann wurde es ihm klar. Die Erde bebte!

Mit vor Entsetzen geweiteten Augen sah Ricardo, wie der gesamte Straßenzug zitterte und vibrierte, wie knirschend mehrere der baufälligen Häuser in sich zusammenstürzten. Einige der Hoods, die auf dem Dach gestanden hatten, wurden in die Tiefe gerissen und von grauen Staubwolken verschluckt.

Auch auf der Sangres-Seite der Straße brach ein Gebäude zusammen. Die Fassade kippte nach vorn wie bei einem Kartenhaus, erschlug mehrere von Ricardos Leute, die sich nicht rechtzeitig in Sicherheit bringen konnten.

»Mierda!«, entfuhr es Ricardo. Doch es war erst der Anfang.

Auch der Anführer der Sangres wurde von den Beinen gerissen, ebenso wie seine Anhänger und seine Feinde. Eine Welle schrecklicher Erschütterungen durchlief die Straße, ließ reihenweise Häuser mit schrecklichem Bersten zusammenbrechen.

Im nächsten Moment schien etwas mit grässlicher Urgewalt von unten gegen den brüchigen Asphalt zu stoßen. Und die Straße brach auf, riss förmlich in der Mitte auseinander.

Ricardo gab ein entsetztes Ächzen von sich, konnte sich gerade noch zur Seite werfen, als sich unmittelbar vor ihm ein tiefer Riss im Boden öffnete.

Entsetzt blickte sich der Gangleader um.

Binnen weniger Sekunden hatte sich der gesamte Straßenzug in ein bebendes, zitterndes Inferno der Vernichtung verwandelt.

Das Brausen und Knirschen übertönte das Geschrei der Banden-Mitglieder.

Ricardo beobachtete, wie der Riss im Boden immer größer wurde, sich dabei auch ausbreitete und schließlich das Viertel der Sangres und das der Hoods voneinander trennte.

Als er sah, dass der Feind die Flucht ergriff, hatte auch er kein Problem mehr damit, von dort zu verschwinden.

Die Fassade eines zweistöckigen Gebäudes brach zusammen und krachte auf den bebenden Bürgersteig.

Wankend, stolpernd und immer wieder stürzend setzte Ricardo seinen Gefolgsleuten hinterher, die sich in ihr Viertel zurückzogen und nicht wussten, wohin sie sich verkriechen sollten.

Mehrere Gebäude stürzten auf einmal ein, ein

ganzer Straßenzug versank in Schutt und Asche, und ein Gastank explodierte, zerfetzte ein Haus.

»Madre mia!«, stieß Ricardo hervor.

Für das, was geschah, hatte er nur eine Erklärung.

Das jüngste Gericht war angebrochen …

Noch immer hielt Mike das Handy in seiner Rechten. Der Besitzer des kleinen Telefons hatte sich in seinen Wagen verkrümelt, kauerte sich dort zusammen.

Plötzlich wurde es ruhig, verdächtig ruhig. Aber nur ein, zwei Minuten lang.

Die Menschen, die aus ihren Wagen gestürzt waren, verharrten und warteten ab, starr vor Angst und Entsetzen.

Dann setzte das Hauptbeben ein.

Schneller, wütender und heftiger als Mike es je erwartet hätte. Das große Beben kam, und die Stadt war nicht gewarnt worden. Die Katastrophe traf die Menschen völlig unvorbereitet. Und mit schrecklicher Vernichtungskraft …

Zu spät, um sich darüber noch Gedanken zu machen!

Die nächsten Stöße, die den Erdboden erschütterten, waren von solcher Wucht und solcher Heftigkeit, dass Mikes Pulsschlag aussetzen wollte. Die Menschen, die reglos verharrt und gehofft hatten, wurden von den Beinen gerissen.

Mike hatte das Gefühl, als würde der gesamte Erdball bersten, als würde der Planet wie eine Billardkugel hin und her geworfen, so hart und heftig waren die Stöße, die in dichter Folge die Erde erschütterten. Rings umher sah der Wissenschaftler in der Dunkelheit grelle Feuer aufflammen. Häuser stürzten ein, Telegrafenmasten knickten wie Streichhölzer, schlugen auf die Menschen herab, die jetzt panisch aus ihren einstürzenden Häusern flohen.

Vor Grauen konnte sich Mike kaum rühren. Die Luft rings um ihn war von einem entsetzlichen Brausen und Bersten erfüllt, Feuer und Rauch stiegen zum Himmel, während die Erde sich umzustülpen, völlig aus den Fugen zu geraten schien. Und Mike sah, wie sich Risse im Asphalt bildeten.

Im nächsten Moment drang ein hässliches Knirschen an sein Ohr, gefolgt von einer Reihe weiterer harter Stöße. Und ihm wurde klar, dass er in unmittelbarer Gefahr schwebte.

Der Viadukt, auf dem er sich befand, brach in sich zusammen und würde alles, was sich darauf befand, in die Tiefe reißen.

Mike schnappte nach Luft. Panik übermannte kurz den Wissenschaftler, doch dann war da der pure Überlebenstrieb. Hastig raffte er sich auf, stürzte zwischen den unzähligen rumpelnden und bebenden Fahrzeugen hindurch die breite Straße hinab.

In so vielen Büchern, Computersimulationen und theoretischen Abhandlungen hatte Mike die große Katastrophe erlebt. Doch nun, als er atemlos und mit Angstschweiß auf der Stirn durch das grollende, brausende Inferno stürzte, sah alles ganz anders aus. Die Dimension namenlosen Schreckens war hinzugekommen, die Angst, angesichts der ungeheuren Größe der Katastrophe wie ein Kieselstein zermalmt zu werden.

Es war wie in einem schrecklichen Albtraum.

Da waren auch die anderen Menschen, die aus ihren Autos gestiegen waren. Alle versuchten zu entkommen und behinderten sich dabei gegenseitig. Mike stieß die Menschen aus seinem Weg, setzte rücksichtslos die Ellbogen ein, trampelte über Leute hinweg, die gestürzt waren.

Er wollte einfach überleben. Jeder andere Gedanke wurde verdrängt. Überleben um jeden Preis. Jetzt war sich jeder selbst der Nächste.

Mike schlug, boxte, stieß sich den Weg frei. Der Boden unter seinen Füßen bebte, wie betrunken taumelte Mike vorwärts, während unterhalb der Straße Wohnhäuser und Geschäftsgebäude mit infernalischem Getöse in sich zusammenstürzten und grelle Feuerbälle zum Himmel grollten, wenn Gas- oder Öltanks explodierten.

Dann, plötzlich, wieder das metallische Geräusch, das Mike bereits vorhin durch Mark und Bein gefahren war. Er spürte, wie der ganze Viadukt ins Schwanken geriet.

Einer der mächtigen Stahlträger war gebrochen …

Die schreckliche Erkenntnis zuckte durch Mikes Gehirn.

Und dann krachte der Teil des Viadukts, der hinter ihm lag, in die Tiefe.

Stahl, Beton und Asphalt brachen, die Fahrbahn knickte regelrecht ein und riss alles, was sich auf ihr befand, mit sich.

Mike schrie gellend auf und stolperte mit der Masse der anderen Überlebenden vorwärts. Es war ein Schieben und Drängen, ein Stoßen und Zerren, und wieder schlug Mike ohne Rücksichtnahme um sich.

Erneut erklang das schreckliche Geräusch, gefolgt von einem durchdringenden Ächzen.

Tränen der Angst und der Verzweiflung schossen Mike in die Augen.

»*Neeeiiin!*«, brüllte er, ohne dass er sein eigenes Geschrei in dem infernalischen Getöse hören konnte …

»Erzähl das deinem Friseur, du mieser kleiner Ganove!« Will Cotton knurrte, blickte den Mann, der mit Handschellen gefesselt auf dem harten Holzstuhl in der Mitte des Vernehmungsraums saß, durchdringend an. »Wir wissen genau, dass du Diego Viscar kennst. Und wir wissen, dass du für ihn arbeitest. Du machst aus seinen blutigen Drogendollar sauberes, anlagefähiges Geld!«

»N-nein«, stammelte Gregor Gusano und schüttelte beharrlich den Kopf. Inzwischen hatte dem Buchhalter längst gedämmert, dass er nicht alleine wegen Steuerhinterziehung verhaftet worden war. »Das ist nicht wahr! Ich will sofort meinen Anwalt sprechen.«

»Der ist schon auf dem Weg«, knurrte Will. »Vermutlich ist er im Verkehr stecken geblieben. Oder vielleicht hat er es sich auch anders überlegt und möchte so einen miesen kleinen Scheißkerl wie dich erst gar nicht verteidigen.«

»Ich sage nichts!«, verkündete der Buchhalter beharrlich. »Nicht ein Sterbenswort!«

»Gut«, konterte Will gelassen. »Mal schauen, was uns Mr. Viscar zu erzählen hat, wenn er hier ist …«

»Wa-was?« Gregor Gusano wurde von einem Augenblick zum anderen aschfahl im Gesicht. »V-Viscar kommt hierher?«

»Ja«, bestätigt Will schulterzuckend. »Was ist los mit dir? Für jemanden, der Viscar nicht kennt, bist du ganz schön aus dem Häuschen.«

»I-ich kenne ihn«, antwortete Gusano schnell. »Aber er darf mich hier nicht sehen, sonst bin ich geliefert. Er wird mich töten lassen, er …«

»Kann durchaus sein«, meinte Will. »Viscar weiß, was du über ihn weißt. Er ist sich darüber im Klaren, dass du ihn jederzeit auffliegen lassen könntest.«

»O nein! Nein!« Gusano schloss die Augen, schüttelte entsetzt den Kopf.

»Doch, du kleiner Dreckskerl«, knurrte Will. »Für dich gibt es eigentlich nur zwei Möglichkeiten. Entweder, du lässt dich von Viscars Killern umlegen, oder du arbeitest mit uns zusammen!«

Will wandte sich ab, warf einen Blick zu der verspiegelten Glasscheibe hin, hinter der er die Mitarbeiter der Staatsanwaltschaft wusste. Carol Langley, die Staatsanwältin, die die Ermittlung leitete, war eine appetitliche Blondine mit einer wahrhaft sexy Figur. Vielleicht konnte Will sie zu einem Date überreden, wenn er sich von seiner besten Seite zeigte und Gusano jetzt den Stöpsel zog.

Schon wollte der junge G-man ausholen, um dem bereits angeschlagenen Buchhalter den Rest zu geben und ihn zur Zusammenarbeit mit der Justiz zu bewegen – als plötzlich die Wände des Vernehmungsraums zu wackeln begannen!

»Verdammt, was ...?«

Die Wände zitterten, vibrierten, und auch der Boden schwankte.

»Das ist ein Beben!«, entfuhr es Gusano panisch. »Ein neues Beben ...!«

Will hielt den Atem an, wartete einen Augenblick ab. Als ein erneuter Stoß durch das Gebäude fuhr und Fenster und Türen erzittern ließ, wusste er, dass Gusano Recht hatte.

Es war tatsächlich wieder ein Erdbeben, und diesmal war es heftiger als zuvor.

Eine Reihe weiterer Stöße von sich steigernder Heftigkeit folgten und erschütterten den Raum. Der Stuhl, auf dem Gusano saß, kippte um, und der Ganove schlug auf den Boden. Will taumelte gegen die Wand, in deren Putz sich Risse bildeten.

»Verdammt!«, hörte er den gefesselten Gefangenen aus Leibeskräften brüllen. »Sie haben gesagt, es wäre nur ein leichtes Beben! Sie haben gesagt, es würde nichts passieren! Sie haben gesagt …«

»Halt die Klappe, okay?«, herrschte Will den am Boden liegenden Ganoven an, während eine Folge weiterer heftiger Erdstöße das FBI-Quartier in seinen Grundfesten erschütterten.

»Nein, bitte nicht!«, rief Gusano panisch. »Ich werde Ihnen alles sagen, was Sie wollen! Ich werde auch mit Ihnen zusammenarbeiten und gegen Viscar aussagen! Aber bitte, machen Sie, dass es aufhört! Machen Sie, dass es aufhört!«

Will warf einen Blick in Richtung der Scheibe, die zitterte und vibrierte.

Wenn die Jungs und Mädels von der Staatsanwaltschaft zugehört hatten, dann konnten sie sich jetzt freuen. Vorausgesetzt, dieses Erdbeben wäre nicht gewesen …

Will wankte zum Ausgang des Vernehmungszimmers, griff nach der Türklinke.

»Was haben Sie vor?«, brüllte Gusano. »Nehmen Sie mich gefälligst mit, wenn Sie das Gebäude verlassen!«

»Das hier ist der Keller, Kumpel«, rief Will. »Wenn es überhaupt einen Ort gibt, an dem du sicher bist, dann ist es hier!« Daraufhin verließ er den Vernehmungsraum, ohne den jammernden Buchhalter auch nur eines weiteren Blickes zu würdigen.

Draußen auf dem Gang herrschte Chaos.

Die Agenten und Mitarbeiter des FBI-Büros drängten in den Keller, wo sie Schutz suchten. Die Beleuchtung flackerte, Putz fiel in großen Platten von der Decke. Von irgendwo drang schrilles Geschrei.

Inmitten der Menschenmenge machte Will seinen Kollegen Harry Wild aus.

»Harry!«, rief er und arbeitete sich zu seinem Kollegen durch. »Verdammt, Harry, was ist hier los?«

»Schlechte Nachrichten, Will. Wir haben ein Beben der Stärke acht Komma eins. The Big One scheint sich anzukündigen!«

»Was?« Will konnte nicht glauben, was er da hörte.

»Die Nachrichtenstationen widersprechen sich«, gab Harry Wild zurück. »Offenbar wissen die Jungs selbst nicht genau, was los ist. Tatsache ist, dass ein übles Beben die Stadt getroffen hat. Vor allem die Südbezirke sind betroffen. Das Beben kam völlig unerwartet!«

»Die Süd…?« Will unterbrach sich. »Au, Scheiße!«

»Was ist?«, fragte Harry.

»Donna ist da draußen. Sie hat Jerry und Phil vom Flughafen abgeholt. Sie hatten Diego Viscar bei sich.«

»Bullshit«, knurrte Harry. »Lakewood Airport liegt im Süden, genau im betroffenen Gebiet.«

»Genau«, sagte Will. Rasch zückte er sein Handy und wählte Donnas Nummer.

Er war nicht weiter überrascht, als sich niemand meldete. In aller Eile rief Will die gespeicherten Nummern von Jerry Cotton und Phil Decker ab. Auch hier Fehlanzeige. Offenbar war das gesamte Funknetz zusammengebrochen. Kein Wunder bei dem Inferno, das dort draußen tobte.

Im nächsten Augenblick gab es einen schweren, geradezu vernichtenden Stoß, der das Gebäude durchrüttelte, und das Licht ging aus.

Plötzlich kehrte Stille ein, angstvolles Schweigen, die Ruhe vor dem Sturm.

Dann panisches Geschrei, als eine Folge erneuter, schrecklicher Erschütterungen das Gebäude erzittern ließ.

Das Hauptbeben …

Das Hauptbeben ereignete sich gegen 18 Uhr 57 und dauerte genau fünfzehn Minuten.

Das Epizentrum des Bebens, das die Marke 8,1 auf der Richterskala erreichte, lag im Südosten von Los Angeles, 15 Meilen östlich von Santa Ana. Die Auswirkungen des Bebens waren bis hinab nach San Diego zu spüren.

Während die nördlichen, wohlhabenden Bezirke der Stadt von den Auswirkungen des Bebens kaum betroffen waren und die meisten Gebäude von Downtown mit ihrer erdbebensicheren Architektur der tobenden Naturgewalt trotzten, wurden die südlichen Viertel mit aller Härte getroffen.

Über zweitausend Häuser wurden zerstört, unzählige beschädigt. Die Versorgung mit Wasser und Strom brach zusammen, ebenso sämtliche Kommunikationseinrichtungen.

Feuerwehr, Ambulanzen und Rettungsdienste waren völlig überfordert, standen dem Ausmaß der Katastrophe machtlos gegenüber. Zudem gab es in den zerstörten, von Trümmern übersäten Straßen kaum ein Durchkommen. Zwar ordnete der Gouverneur die Mobilmachung der Nationalgarde an, doch es dauerte bis zum Morgen, bis die ersten Hilfszüge die Stadt erreichten.

Wie viele Menschen in dieser Nacht obdachlos geworden waren, ließ sich unmöglich abschätzen, ebenso wie die Zahl der Opfer, die unter den Trümmern den Tod gefunden hatten.

Das Beben hatte nicht die Reichen und Wohlhabenden getroffen, die im Norden in ihren erdbebensicheren Burgen aus Stein, Beton und Stahl residieren, sondern die Armen, deren Behausungen aus Holz, Backstein und Blech der schrecklichen Wucht des Bebens nicht standhalten konnten.

Es war das Gesetz der Natur.

Nur die Starken überlebten. Und die Rücksichtslosen.

Denn kaum war das Beben zu Ende, da krochen sie aus ihren Löchern hervor: die Plünderer und Aasfresser, die Kreaturen der Nacht. Jene, die aus der Katastrophe und dem Leid ihrer Mitmenschen noch Nutzen zogen. Sie waren schlimmer als jede Naturkatastrophe.

Eine Nacht lang herrschte in den Straßen der Stadt Zerstörung und Tod, Verzweiflung und Anarchie.

Es war die Nacht des Schreckens …

aus ›Night of Terror‹
von Dr. Mike Drexler,
Seismologisches Institut Los Angeles

3.

Nachbeben

Das Erste, was Diego Viscar spürte, als er zu sich kam, war pulsierender Schmerz, der mit penetranter Eindringlichkeit gegen seinen Schädel hämmerte.

Benommen schlug der Chef des Kolumbianer-Syndikats die Augen auf und blickte sich um. Er brauchte einige Augenblicke, um zu begreifen, wo er war.

Er saß auf dem Rücksitz eines Pkw, seine Hände waren mit Handschellen gefesselt. Von seiner Stirn rann Blut, das ihm über das Gesicht lief.

Der Geruch von verbranntem Holz und Gummi stieg Viscar in die Nase, und er blickte sich um, schaute zum Seitenfenster des Wagens hinaus, das von Sprüngen überzogenen war.

Draußen war es fast völlig dunkel, sodass er so gut wie nichts sah. Erst als die Wolken am dunklen Himmel ein wenig aufrissen und fahles Mondlicht herabfiel, konnte Viscar erkennen, was sich außerhalb des Wagens befand.

Der Ganove blickte auf eine Trümmerlandschaft aus verbeulten Fahrzeugen und schroffen Brocken von Beton, die auf bizarre Weise ineinander verkeilt zu sein schienen. Grotesk verformte Stahlträger ragten in die Höhe, sahen aus wie Knochen eines gewaltigen Totengerippes. Hier und dort schwelten kleinere Brände, daher der beißende Geruch.

Allmählich kehrte die Erinnerung zurück, und Viscar wusste, was geschehen war.

Ein Erdbeben.

Es hatte sich ereignet, als sie auf dem Viadukt im Stau gestanden hatten. Unter den heftigen Erdstößen hatte die Fahrbahn zu beben begonnen und war schließlich gebrochen. Das gesamte Viadukt hatte sich wie die Kipplade eines Lastwagens zur Seite geneigt und alles, was sich darauf befunden hatte, in die Tiefe befördert.

Viscar erinnerte sich an das entsetzte Geschrei von FBI-Agentin Sullivan, an die bitteren Flüche, die Phil Decker von sich gegeben hatte.

Dann war alles ganz schnell gegangen.

Der Buick hatte eine rasante Schlitterpartie hingelegt, war mit einer Reihe anderer Fahrzeuge kollidiert. Dann war er über die Abbruchkante der Fahrbahn gestürzt und hatte sich mehrmals überschlagen.

An das, was danach geschehen war, hatte Viscar keine Erinnerung. Aber offenbar war der Wagen ein Stück abseits der Straße auf den Rädern gelandet. Vermutlich hatte Viscar es diesem Umstand zu verdanken, dass er noch lebte. Denn die übrigen Fahrzeuge lagen zu einem gewaltigen Schrotthaufen aufgetürmt, aus dem es kein Entkommen gab.

Rasch blickte sich der Verbrecher nach den anderen Insassen des Fahrzeugs um.

Jerry Cotton lag neben ihm im Wagen. Wie er hatte er eine Wunde an seiner Stirn und war offensichtlich bewusstlos.

Sullivan saß noch immer vorn am Steuer, hatte ebenfalls das Bewusstsein verloren. Der Kopf lag auf dem Lenkrad, vorn an der Scheibe war Blut.

Von Phil Decker, der auf dem Beifahrersitz gesessen hatte, fehlte jede Spur. Dafür klaffte in der Windschutzscheibe ein hässliches Loch. Anscheinend war der G-man aus dem Wagen geschleudert worden.

Viscar verzog seinen breiten Mund zu einem grausamen Lächeln. Sein Mitleid hielt sich in Grenzen, viel lieber hätte er vor Freude lauthals losgebrüllt. Fast war ihm, als hätte das Schicksal ihm das Erdbeben geschickt, um ihn aus der Gewalt seiner Häscher zu befreien. Denn dies war *seine* Chance …

Rasch beugte sich der Ganove zu Cotton hinüber, griff mit seinen gefesselten Hände in die Taschen des Jacketts. Er brauchte nicht lange, um den Schlüssel für die Handschellen zu finden, allerdings ein wenig länger, um das kleine Ding in das Schlüsselloch der Eisen zu befördern. Dann ein leises, erleichterndes Klicken, und die verhassten Fesseln fielen von seinen Handgelenken ab.

Viscar grinste. Dann griff er erneut unter Jerrys Jacke, zog die SIG Sauer hervor, die dort gesteckt hatte.

»Danke, Cotton«, feixte er. »Das ist wirklich zu freundlich von Ihnen …«

Er musste sich mit aller Kraft gegen die verbeulte Tür werfen, um sie zu öffnen. Er war schon ein paar Schritte gegangen, als er sich plötzlich besann und noch einmal umkehrte.

Kurzerhand trat er an die Fahrerseite des Wagens und wollte die Tür öffnen. Als sich das verbeulte Metall widersetzte, trat er das Fenster ein. Dann griff er sich Donna Sullivans zierliche, leblose Gestalt und zerrte sie aus dem Wagen. Wie eine lebensgroße Puppe lud er sich die bewusstlose FBI-Agentin über die Schultern und trug sie mit sich davon.

»So, Schätzchen«, sagte er leise, »du wirst meine Lebensversicherung sein da draußen …«

Mit großen Schritten stieg Viscar über Betonbrocken und verbeultes Blech hinweg, durchwatete den dichten Nebel von Staub und Rauch, der über der düsteren Szenerie lag. In einiger Entfernung konnte er ein paar schemenhafte Gestalten wahrnehmen, die sich ebenfalls wankend aus den Trümmern erhoben. Wie er hatten sie das Glück gehabt, dem Inferno lebend zu entkommen.

Die bewusstlose FBI-Agentin auf seinen Schultern, bestieg Viscar einen Haufen Schrott, versuchte, sich von dort einen Überblick über das Ausmaß der Zerstörung zu verschaffen.

Soweit er es im fahlen Mondlicht und im flackernden Schein der schwelenden Feuer sehen konnte, hatte das Beben die Südviertel weitgehend dem Erdboden gleichgemacht. Da war kein Haus mehr intakt. Ganze Straßenzüge waren der entfesselten Naturgewalt zum Opfer gefallen, Gebäude wie Kartenhäuser in sich zusammengestürzt. Und noch immer grollte und rumorte es von Zeit zu Zeit im Boden, denn die Erde hatte sich noch immer nicht ganz beruhigt.

Die Straßen waren von Autowracks gesäumt, die wild durcheinander lagen. Einige davon umgestürzt, viele ausgebrannt. Der Asphalt war von Rissen und tiefen Spalten durchzogen, die manche Fahrzeuge wie der gierige Schlund einer gewaltigen Bestie verschlungen hatten.

Das eingebrochene Viadukt der Interstate schließlich hatte ein ganzes Viertel unter seinen Massen begraben, versperrte den größten Teil der Durchfahrtsstraße. Nur eine schmale Gasse war geblieben, die einigermaßen passierbar schien. Dorthin musste Viscar. Er wollte die Stadt – oder das, was noch davon übrige war – auf dem schnellsten Weg verlassen …

Vorsichtig stieg der Ganove von dem Schutthaufen wieder hinab und wollte Richtung Straße gehen – als sich aus den Trümmern und dem Nebel vor ihm unvermittelt eine blutige Gestalt erhob.

Instinktiv fuhr Viscar zurück, blickte in die Züge eines vielleicht 40-jährigen Mannes, dessen Gesicht mit Blut beschmiert war. Der rechte Arm des Fremden hing schlaff an ihm herab, und er hatte schwere Verbrennungen davongetragen. Er schien heftige Schmerzen zu leiden, konnte sich kaum auf den Beinen halten. Flehend blickte er Viscar an.

»Bitte, Sir«, stöhnte er leise. »Helfen … Sie … mir …«

»Natürlich«, antwortete der Schurke. Und riss seine Rechte hoch, die die SIG Sauer umklammert hielt.

Einen Sekundenbruchteil lang starrte der Verwundete voller Entsetzen in den dunklen Lauf der Waffe. Im nächsten Moment blaffte der Schuss.

Der Fremde kippte leblos zurück, landete zwischen zwei zerstörten Autowracks.

»Keine Ursache«, sagte Viscar kalt, dann setzte er seinen Weg Richtung Straße fort.

Als er sie endlich erreichte, glaubte er, dass es das Schicksal auch weiterhin gut mit ihm meinte. In der nebligen Ferne tauchten die Lichtkegel zweier Scheinwerfer auf, die sich suchend durch die Trümmerlandschaft tasteten. Darüber war hektisch blinkendes Blau- und Rotlicht zu sehen. Eine Ambulanz …

Diego Viscars Pulsschlag beschleunigte sich vor Freude. Das Fahrzeug rollte die von Trümmern und Wracks gesäumte Straße herab, suchte sich einen Weg durch das grauenerregende Chaos.

Als es ihn fast erreicht hatte, trat Viscar kurzerhand auf die Straße und riss seinen freien Arm empor.

»Stopp!«, rief er laut.

Der Ambulanzwagen hielt an. Die Fahrertür wurde aufgestoßen, und ein junger Mann in Sanitätskleidung streckte seinen Kopf heraus.

»Was ist, Sir?«, erkundigte er sich, auf Donna Sullivan deutend, die wie leblos über Viscars Schulter hing. »Braucht Ihre Frau ärztliche Hilfe?«

»Nein«, antwortete der Verbrecher, während er auf den Fahrer zutrat und gleichzeitig die SIG Sauer hob, »*ich* brauche ein *Fortbewegungsmittel* ...«

Der Schuss krachte, und der Fahrer des Rettungswagens, der bereits hatte aussteigen wollen, um Viscar zu helfen, kippte aus dem Führerhaus.

»Danke sehr«, kommentierte Viscar mit bösem Grinsen. Jetzt hatte er sein Fortbewegungsmittel.

Rasch stieg er in das Führerhaus des Wagens und blickte sich flüchtig um. Nur der Fahrer hatte sich im Wagen befunden. Nach der großen Katastrophe herrschte offenbar Personalnot in der Stadt.

Viscar lachte teuflisch. Ihm konnte das nur Recht sein.

Er war sich selbst der Nächste ...

In aller Eile lud er Donna im Fond des Fahrzeugs auf die Krankenpritsche und schnallte sie fest für den Fall, dass sie erwachen würde.

Dann setzte er sich ans Steuer, legte den Gang ein und fuhr los.

Die Scheinwerfer des Ambulanzwagens bohrten sich weiter in die Finsternis, während Viscar dem Lauf der Straße folgte und dabei um Trümmer und Wracks herummanövrierend.

Wohin er auch blickte, überall sah er zerstörte Straßenzüge, eingestürzte Häuser, ausgebrannte Fahrzeuge. Wie Gespenster wandelten vereinzelt Menschen inmitten des Chaos umher.

Vermutlich, dachte Viscar verächtlich, standen sie noch immer so unter Schock, dass sie gar nicht begriffen, was geschehen war. Ihre kleine, armselige Welt war völlig zerstört worden.

Er empfand darüber nicht das geringste Bedauern. Im Gegenteil: Das Bild von Tod und Zerstörung, das sich ihm allenthalben bot, versetzte den Verbrecher in

Hochstimmung, während er den gestohlenen Krankenwagen durch die zerstörten Straßen lenkte.

Alles entwickelte sich genau nach seinem Geschmack …

Das Röhren der schweren Harley Davidson drang durch die Nacht. Will Cotton jagte auf seiner Maschine den Wilmington Boulevard hinunter.

Er hatte im Radio gehört, dass das Beben die verheerendsten Schäden in South Central L.A. angerichtet hatte. Genau in der Gegend, in der sich Donna, Jerry und Phil aufgehalten haben mussten. Während des Bebens hatte der junge G-man unruhig im Keller des FBI-Quartiers ausgeharrt. Danach hatte ihn nichts und niemand mehr halten können.

Trotz der eindringlichen Warnung von SAC Steel hatte sich Will auf den Rücken seines Feuerstuhls geschwungen und war den Wilshire hinabgejagt, um die Menschen zu suchen, die ihm *alles* bedeuteten. auch wenn er es im Leben nie zugegeben hätte.

Im Grunde mochte er sie alle gut leiden. Seine Partnerin Donna Sullivan, deren Gehabe bisweilen zwar recht elitär war, auf die er sich aber immer verlassen konnte. Seinen Onkel Jerry, den er insgeheim für den besten G-men hielt, der je beim FBI gearbeitet hatte. Und dessen besten Freund und Partner Phil Decker, der ihn wie einen kleinen Bruder behandelte und ihm schon viele wertvolle Tipps gegeben hatte.

Sie alle da draußen zu wissen, inmitten dieses schrecklichen Infernos, das dort gewütet hatte, brachte Will vor Sorge fast um den Verstand. Und obwohl er es sich unentwegt einredete, wusste er nur zu genau, dass das Wasser in seinen Augen nicht vom Fahrtwind herrührte, der ihm entgegenblies …

Je weiter der junge G-man nach Süden vorstieß, desto schlimmer waren die Schäden an den Häusern. Südlich des Imperial Highway schließlich stand kein einziges Haus mehr, war kein Stein auf dem anderen geblieben.

Ein schreckliches Bild der Zerstörung bot sich Will, während er seine Harley in wildem Slalomkurs zwischen Trümmern und Wracks hindurchmanövrierte. Für Autos gab es auf den meisten Straßen kein Durchkommen mehr. Die Feuerwehr und der Katastrophenschutz würden mit Räumkommandos anrücken müssen, ehe sich die Rettungsteams an die Arbeit machen konnten.

Betroffen blickte sich Will um, fragte sich, wie viele Menschen unter den Trümmern den Tod gefunden haben mochten. Wie so oft hatte es jene erwischt, die sich am wenigsten wehren konnten, die den Naturgewalten schutzlos ausgeliefert gewesen waren. Die Bürotürme in Downtown hatten der bebenden Erde standgehalten. Die Slums und Gettos der Südstadt jedoch waren völlig zerstört worden.

Will nahm an, dass Donna auf dem Rückweg vom Airport den Harbor Freeway benutzt hatte. Über die Victoria Street fuhr der G-man nach Westen. Wenn er sich richtig entsann, musste er nach ein paar Blocks auf den Freeway stoßen. Danach würde er einfach anfangen zu suchen. So aussichtslos es war und so sehr ihm bewusst war, dass die Chancen, seine Freunde zu finden, praktisch gleich Null waren.

Er musste es wenigstens versuchen.

Das war er seinen Freunden schuldig.

Als ich erwachte, hatte ich Blutgeschmack auf meinen Lippen. Lähmender Schmerz erfüllte meine Glieder, und ich fühlte mich, als wäre ich eine Weile lang verdaut und dann wieder ausgespien worden.

Träge öffnete ich die Augen, gewahrte rings um mich Dunkelheit, dazu den beißenden Geruch von Rauch. Erst jetzt nahm ich wahr, dass meine Lungen wie Feuer brannten, und ich musste husten, wurde von einem heftigen Krampf geschüttelt.

Keuchend holte ich Luft und versuchte mich aufzurichten. Meine Glieder schmerzten, aber es schien nichts gebrochen zu sein. Immerhin konnte ich mich bewegen. In meinem Gesicht fühlte ich etwas Warmes, Feuchtes. Blut ...

Mit einer fahrigen Bewegung wischte ich es ab, schaute mich in der drückenden Dunkelheit um. Mein Pulsschlag hämmerte, meine Gedanken drehten sich im Kreis, und einige Augenblicke lang war ich nicht in der Lage, zu sagen, wo ich mich befand. Dann, als sich meine Augen an die Dunkelheit gewöhnt hatten, erkannte ich, dass ich im Fond eines Pkw saß, der offenbar einen Unfall gehabt hatte. Die Scheiben ringsum waren zertrümmert oder von Sprüngen durchzogen, das Dach des Wagens ein Stück eingedrückt. Draußen in der Dunkelheit zeichneten sich überall verbeulte Wracks und schwelende Trümmer ab, hier und dort sah ich Feuer lodern.

Und dann erinnerte ich mich.

Das Erdbeben.

Wir waren auf der Interstate gewesen, als es eingesetzt hatte. Das Viadukt war unter den schweren Erdstößen zusammengebrochen, und wir waren abgestürzt. Ich wusste noch, dass sich der Wagen mehrmals überschlagen hatte. Dann riss der Film.

Wie viel Zeit war seither vergangen?

Ich warf einen raschen Blick auf das Leuchtzifferblatt meiner Uhr.

Kurz vor halb Acht.

Das bedeutete, dass ich nahezu eine Stunde lang ohne Bewusstsein gewesen sein musste. Ich und …

Ich blickte mich im Inneren des Wagens um. Nur um festzustellen, dass ich allein war!

Wo waren Phil und Donna?

Und wo, in aller Welt, war Viscar?

Der Platz neben mir, auf dem der Ganove gesessen hatte, war leer, die Tür stand offen!

War Viscar etwa getürmt?

Der Gedanke beschleunigte meinen ohnehin schon unruhigen Pulsschlag noch. Suchend tastete ich in der Dunkelheit umher, fand etwas Kaltes, Metallenes, das auf dem Boden lag. Es klirrte leise, als ich das Ding aufhob. Es waren Viscars Handschellen.

Hektisch suchte ich nach dem Schlüssel in meiner Tasche. Er war nicht mehr da. Viscar hatte die Handschellen aufgeschlossen und die Flucht ergriffen.

Und als ob das allein noch nicht schlimm genug wäre, fehlte auch noch jede Spur von Donna und Phil. Sah man von dem Blut auf der Windschutzscheibe einmal ab …

Ich stieß eine bittere Verwünschung aus, raffte mich durch die offene Tür aus dem verbeulten Wagen. Staub drang in meine Lungen, und ich musste wieder husten, und ich krümmte mich auch vor Schmerz.

Als sich der Anfall gelegt hatte, richtete ich mich auf und blickte mich um. Ich stand inmitten eines Szenarios von geradezu apokalyptischen Ausmaßen.

Überall, wohin ich auch blickte, waren nur Trümmer zu sehen. Eingestürzte Wohnhäuser, abgebrannte Geschäftsgebäude, zertrümmerte Autowracks. Hier und dort loderten noch immer Brände, dunkle Schwaden von Rauch stiegen auf und verfinsterten den fahlen Mond. Und durch die grausige Szenerie stapften geschockt und fassungslos die Überlebenden des Infernos, die Waisen der Katastrophe …

»Mein Gott«, stieß ich leise hervor.

Das Erdbeben mochte nicht lange gedauert haben. Aber was für Zerstörungen hatte es angerichtet! Die Straßen waren geradezu aufgepflügt worden, waren von tiefen Rissen durchzogen. Die Viadukte der Autobahnen waren, soweit ich das sehen konnte, auf Meilenlänge zerstört. Strom und Fernmeldemasten lagen am Boden, Elektrizitätsversorgung und die Kommunikationseinrichtungen waren zusammengebrochen.

Die Stille, die ringsum herrschte, war drückend. Nach dem infernalischen Donnern des Bebens war Ruhe eingekehrt. Es war, als hätte sich ein Leichentuch aus Staub und Rauch über die Stadt gelegt, das jedes Geräusch im Keim erstickte. Schaudernd fragte ich mich, wie viele Menschen bei dem Beben ihr Leben verloren haben mochten. Die Opfer mussten in die Tausende gehen …

Von Grauen geschüttelt, riss ich mich von dem Anblick los, machte mich daran, das Gebiet rings um das Wrack des Buick abzusuchen.

»Phil?«, fragte ich dabei halb laut. »Donna? Könnt ihr mich hören? Wo seid ihr?«

Suchend stapfte ich durch die Trümmer, konnte nicht verhindern, dass mir dabei Tränen in die Augen traten. Der Schock des Erwachens, die Erkenntnis, noch am Leben zu sein, das Verschwinden meiner Freunde, das schiere Ausmaß der Katastrophe. All das war zu viel, um es einfach wegzustecken.

Furcht und Panik stiegen in meinem Inneren empor, ohne dass ich etwas dagegen unternehmen konnte.

Auch das FBI-Training, das Stresssituationen bewältigen helfen sollte, erwies sich als nutzlos.

Fieberhaft stapfte ich in den Trümmern umher und suchte nach Donna und Phil, ohne auch nur eine Spur von ihnen zu finden. Ich suchte die umliegenden Wracks ab, blickte in die leblosen Gesichter von Männern und Frauen, die weniger Glück gehabt hatten als ich. Auch unter den Trümmern lagen Menschen, zum Teil grässlich entstellt. Der Gedanke, dass Phil und Donna sich irgendwo unter ihnen befinden könnten, brachte mich halb um den Verstand.

Nachdem ich eine endlos scheinende Weile lang gesucht hatte, wollte ich resigniert aufgeben, wollte ich niedersinken und mich meiner Verzweiflung hingeben.

In diesem Moment erblickte ich Phil.

Die Angst, die ich noch einen Sekundenbruchteil zuvor verspürt hatte, schlug in blankes Entsetzen um, als ich meinen Partner reglos neben einem großen Betonbrocken liegen sah. Ich eilte zu ihm hin und fiel bei ihm nieder.

»Phil«, stieß ich atemlos hervor. »Verdammt, Alter, mach keinen Blödsinn!«

Rasch untersuchte ich Phil. Und stellte mit unsagbarer Erleichterung fest, dass er noch lebte. Offenbar war er aus dem Wagen geschleudert worden, als sich der Buick überschlagen hatte, und er hatte wie ich das Bewusstsein verloren.

Allerdings hatte es meinen Partner ungleich schwerer erwischt als mich.

Die Platzwunde an der Stirn und die Verletzung an der rechten Schulter bereiteten mir weniger Kopfzerbrechen. Schlimmer war da schon Phils rechtes Bein, das in geradezu groteskem Winkel gebogen war.

Kurzerhand packte ich den Stoff des Hosenbeins

und riss es auf. Eine Welle von Übelkeit stieg in mir empor, als ich den Bruch sah: Phils Oberschenkel schien mehrfach gebrochen zu sein. Ein bizarrer, blau verfärbter Wulst aus Haut und Muskeln wölbte sich darüber. Das einzig Positive war, dass der Bruch nicht offen war.

Hier konnte ich für Phil nichts tun. Er musste schleunigst in ein Krankenhaus gebracht werden. Rasch griff ich nach meinem Handy, wählte die Notrufnummer.

Um von einer blinkenden Diode darüber in Kenntnis gesetzt zu werden, dass keine Verbindung zum Funknetz aufgebaut werden konnte. Kein Wunder inmitten dieses Chaos …

»Perfekt«, murmelte ich frustriert und steckte das Gerät wieder ein – als sich Phil plötzlich regte. Mein Partner kam zu sich.

Krampfhaft warf Phil den Kopf hin und her, schien heftige Schmerzen zu haben. Dann zuckte es in seinen malträtierten Zügen, er blinzelte und schlug die Augen auf.

»Hallo, Alter«, sagte ich leise. »Alles in Ordnung?«

Es war eine dämliche Frage. Phil quittierte sie mit einem heiseren, schmerzerfüllten Keuchen.

»Mein Bein …«

»Ich weiß«, sagte ich ruhig. »Es ist gebrochen. Kein Grund zur Besorgnis.«

»Tut … verdammt … weh …«

Phil schaute mich an. Über seine blutverschmierten Züge huschte der Hauch eines Lächelns.

»Siehst … beschissen aus.«

»Danke, gleichfalls.« Ich rang mir ein freudloses Grinsen ab.

»Was … ist … passiert …?«

»Ein Erdbeben.«

»Scheiße«, gab Phil tonlos zurück. »Ich hasse … Kalifornien.«

»Ich weiß, Alter«, sagte ich leise. »Die Stadt hat es ziemlich übel erwischt. In dem Viertel, in dem wir uns befinden, ist kein Stein auf dem anderen geblieben.«

»Na wunderbar.« Phil keuchte, zuckte zusammen, als eine erneute Welle von Schmerz ihn durchfuhr. Welche Qualen ihm das gebrochene Bein bereitete, konnte ich nur erahnen. Schweiß trat ihm auf die Stirn, seine Augen traten ein wenig hervor. Aber er biss die Zähne zusammen, war unglaublich tapfer.

»Hör zu, Alter«, sagte ich, »wir haben Schwierigkeiten, einen Krankenwagen zu bekommen. Das Funknetz ist zusammengebrochen.«

»Scheiße«, sagte Phil wieder.

»Hast du außer deinem Bein weitere Beschwerden?«

»Mein … Schädel tut weh. Und meine Schulter …«

»Und sonst?«

»Reicht das denn nicht?«

»Doch«, erwiderte ich, einigermaßen erleichtert. Innere Verletzungen schien mein Partner zumindest nicht erlitten zu haben.

Rasch ging ich zurück zum Wagen. Ich schnappte mir den Verbandskasten und kehrte zu Phil zurück, verband die Platzwunde an seinem Kopf und die Verletzung an seiner Schulter.

»Danke, Doc«, meinte Phil, als ich damit fertig war, und schickte mir ein verwegenes Grinsen. Den qualvollen Schmerz in seinem Bein ignorierte er so gut es ging.

»Gern geschehen«, erwiderte ich. »Leider ist das vorerst alles, was ich für dich tun kann.«

»Ist schon okay«, gab Phil zurück. »Wo sind die anderen? Wo sind Donna und Viscar?«

»Fort«, sagte ich.
»Was?«
»Verschwunden. Viscar hat sich aus dem Staub gemacht, während wir bewusstlos waren.«
»Dieser verdammte …« Phil verschluckte den Rest, als ihn eine erneute Schmerzwelle durchfuhr.
»Er hat sich den Schlüssel der Handschellen geschnappt und ist geflohen. Und ich vermute stark, dass er Donna als Geisel mitgenommen hat.«
»Wie … kommst du darauf?«
»Ich kann sie hier nirgendwo finden, und allem Anschein nach wurde sie nicht aus dem Wagen geschleudert wie du. Ich denke, Viscar hat sie bei sich.«
»Dieser miese Hundesohn«, knurrte Phil unter Schmerzen. »Du … musst ihn schnappen, Jerry. Du musst ihn finden und das Mädel retten.«
»Und was ist mit dir?«
»Ich komme schon zurecht«, versicherte Phil schnell. »Mir geht es blendend, siehst du das nicht? Ich … *arrrgh!*«
»Leider bist du nicht sehr überzeugend …«
»Du *musst* es tun, Jerry!«, zischte Phil und schaute mich beschwörend an. »Du musst dir diesen Bastard schnappen, ehe er noch mehr Schaden anrichten kann. Und wenn er Donna wirklich bei sich hat, dann musst du ihr helfen. Ihr … darf nichts zustoßen, hörst du?«
Betroffen schaute ich meinen Partner an. Obwohl ich tief in meinem Inneren wusste, dass Phil Recht hatte, zögerte ich noch. Ein Teil von mir drängte mich dazu, Viscars Spur aufzunehmen und dem entflohenen Verbrecher durch die Trümmer und Ruinen zu folgen, während sich ein anderer Teil heftig dagegen wehrte, Phil in seinem Zustand inmitten dieses Albtraums zurückzulassen.

Schweren Herzens blickte ich mich um, sah in einiger Ferne schemenhafte Gestalten benommen durch die Ruinenlandschaft wandeln.

Noch war alles ruhig, standen die Menschen unter dem Schock der Ereignisse. Aber wir wussten beide, dass das nicht so bleiben würde.

Hatten die Leute erst einmal den ersten Schreck überwunden, würden ihre niederen Instinkte Oberhand gewinnen. Der Kampf ums nackte Überleben würde entbrennen, und die Aasfresser würden aus ihren Löchern kriechen. Dann würden Plünderer und Mörder in den zerstörten Straßen unterwegs sein, und sie würden sich holen, was es noch zu holen gab.

Neben Katastrophen wie dieser war die schlimmste Katastrophe der Mensch selbst. Das war ein ungeschriebenes Gesetz. Phil wusste das so gut wie ich.

»Keine Sorge, Partner«, stieß er deshalb leise hervor. »Ich kann ganz gut auf mich aufpassen …« Mit einer fahrigen Bewegung schlug er sein Jackett zurück, entblößte den Griff der SIG Sauer, die dort im Holster steckte.

Ich nickte grimmig, wollte nach meiner eigenen Waffe greifen – und griff ins Leere!

»Verdammt!«, stieß ich hervor

»Was ist?«

»Meine SIG – sie ist weg! Viscar muss sie an sich genommen haben, als er flüchtete.«

»Na wunderbar«, keuchte Phil und rang sich ein schmerzverzerrtes Grinsen ab. »Wenn's schon mal regnet … Hier, Partner. Nimm meine Waffe. Du wirst sie nötiger brauchen als ich.«

»Kommt nicht in Frage«, wehrte ich entschieden ab und stand auf. »Die SIG ist deine einzige Möglichkeit, dich zu verteidigen.«

»Aber du …«

»Ich komme schon zurecht«, versicherte ich, »keine Sorge.« Ich sandte Phil ein Lächeln, dass um einiges zuversichtlicher war, als ich mich tatsächlich fühlte. Ohne Waffe in dieses Inferno aus Ruinen und Trümmern hinauszugehen und nach einem entflohenen Schwerverbrecher zu suchen, das war alles andere als ungefährlich. Aber Phil brauchte die Pistole noch dringender als ich.

Er würde sie benötigen, wenn die Aasfresser kamen. Auf sie brauchte man nie lange zu warten, es gab sie immer und überall …

»Danke, Kumpel«, sagte mein Partner leise. »Und jetzt geh.«

»Es tut mir Leid, Alter …« Das war alles, was ich sagen konnte. Phil hier in diesem Zustand zurückzulassen, widerstrebte mit zutiefst. Doch ich hatte keine andere Wahl …

»*Geh!*«, forderte Phil energisch. »Hau schon endlich ab und hol dir diesen verdammten Mistkerl!«

»Wir sehen uns«, sagte ich leise. Die Worte blieben mir fast im Hals stecken.

»Bestimmt«, sagte Phil nur.

Dann machte ich mich auf den Weg,

Keiner von uns wusste in diesem Augenblick, ob er den anderen wieder sehen würde.

Alles, was wir tun konnten, war hoffen.

Und beten.

»Haaalt!«

Die jungen Männer und Frauen, die auf die von Trümmern übersäte Straße sprangen, steckten in roten Lederklamotten. Und einige von ihnen hielten großkalibrige Revolver in den Händen.

Diego Viscar ließ sich davon nicht einschüchtern,

trotzdem aber stieg er in die Eisen, und er brachte den Ambulanzwagen knapp vor der Absperrung aus Autoreifen und Holzbalken zum Stehen, die die Lederknilche errichtet hatten.

Die meisten der Wegelagerer waren noch halbe Kinder. Lediglich einer von ihnen, offenbar ihr Anführer, war schon jenseits der Zwanzig. Wahrscheinlich gehörten sie zu einer jener armseligen Gangs, die die südlichen Vorstädte terrorisierten.

Viscar hatte für diese Art von Kleinganoven nur Spott und Verachtung übrig. Dennoch hatten sich diese Gangs für sein Syndikat schon oft als nützliche Werkzeuge erwiesen.

Der hoch gewachsene, hagere Kerl, der wie seine Anhänger Latino-Blut in seinen Adern hatte, schritt auf den Ambulanzwagen zu. Sein Kindergarten folgte ihm, Revolver, Baseballschläger, Ketten und Butterfly-Messer in den Händen.

Viscar schnaubte verächtlich.

Dann kurbelte er die Seitenscheibe des Krankenwagens herab.

»Was wollt ihr?«, fragte er barsch.

»Zehn von meinen Leuten sind verwundet«, erklärte der Anführer des Trupps. »Sie müssen sofort versorgt werden.«

Viscar verzog das Gesicht. Der befehlende Ton des jungen Flegels gefiel ihm nicht.

»Sehe ich für dich wie ein Wohlfahrtsunternehmen aus?«, fragte er. »Geh zur Seite, Junge. Ich habe zu tun!«

Er wollte schon Gas geben, um die Kerle und notfalls auch die Straßensperre kurzerhand von der Straßen zu fegen. Doch die Gangmitglieder ließen sich nicht einschüchtern. Entschlossener noch als zuvor hoben sie ihre Waffen, und Viscar musste sich der unschönen Möglichkeit stellen, dass ihm daraus jeden Augenblick heißes Blei entgegenschlagen würde.

»Hört zu, ihr Scheißer!«, knurrte er. »Ich habe weder die Zeit noch den nötigen Humor für eure Späßchen! Also lasst mich passieren!«

»Nein, *du* hörst uns jetzt zu, Hombre!«, zischte der Anführer und hielt ihm plötzlich eine Revolvermündung ins Gesicht. »Vielleicht hast du es noch nicht gemerkt. Wir sind die Sangres! Vielleicht«, fuhr er fort, und dabei umspielte ein grausames Lächeln seine harten Züge, »stammst du ja nicht aus dieser Gegend und kennst uns nicht. Aber du kannst mir glauben, dass wir mit Klugscheißern wie dir kurzen Prozess machen, wenn sie uns dämlich kommen. Und jetzt steig aus dem Wagen und hilf meinen Jungs, ehe sie verbluten, sonst …«

Dies war der Moment, in dem Diego Viscar der Geduldsfaden riss. Der Kopf des Kolumbianer-Syndikats war ohnehin nicht dafür bekannt, ein duldsamer Mensch zu sein.

Schneller als der Anführer oder einer seiner Leute reagieren konnte, schnellte Viscars linke Hand aus dem offenen Fenster, schlug dem Jungen den Revolver aus den Fingern und umkrallte im nächsten Moment den Kragen seiner roten Lederjacke. Viscar zog ihn zu sich heran, und mit der rechten Hand presste er ihm die Mündung der SIG Sauer an die Schläfe.

»Und du kannst mir glauben«, zischte er, »dass ich dir vor deinen Jungs ohne Skrupel das Hirn aus dem Schädel blase, wenn du deinem Kindergarten nicht augenblicklich befiehlst, die Knarren fortzuwerfen!«

Für eine oder zwei Sekunden war der Bandenführer erschrocken, und Panik schien in ihm hochzusteigen. Doch dann wurde er eiskalt, grinste breit und sagte:

»Drück doch ab, Hombre! Dann werden meine Leute dich voll Blei pumpen!«

»Und wenn schon! Dir Klugscheißer werde ich zuvor noch das Maul gestopft haben!«

Der Gangleader verdrehte die Augen, sodass er ihm ins Gesicht sehen konnte, und ein Grinsen verzerrte seine narbigen Züge, ungeachtet der Pistolenmündung, die noch immer an seiner Schläfe klebte.

»Du bist kein Sanitäter, Hombre«, stellte er fest.

»Das habe ich auch nie behauptet!«

»Du hast Mut. Aber er wird dir nichts nützen. Meine Jungs werden dich abknallen.«

»Wenn sie das tun, besiegeln sie ihren eigenen Untergang. Dann ist ihr Leben keinen lausigen Cent mehr wert. Denn meine Leute werden sie aufspüren, wo immer sie sich verkriechen. Sie werden euch jagen und nicht ruhen, bis sie jeden Einzelnen von euch umgelegt haben.«

»Wer bist du?«, fragte der Bandenführer, und sein Grinsen wurde noch breiter. Die Art dieses Mannes gefiel ihm.

»Mein Name ist Diego Viscar.«

»Noch nie von dir gehört.«

»Das glaube ich gern«, erwiderte der Syndikatsboss. »Aber vielleicht sagt euch mein Künstlername etwas. Man nennt mich *El Presidente!*«

»El Presidente?« Ricardos Augen wurden auf einmal groß. »*Du* bist El Presidente?«

»So ist es«, bestätigte Viscar nickend.

Unter seinem wirklichen Namen war er den hispanischen Jugendlichen in den Slums der Großstädte kein Begriff. Aber sie alle kannten El Presidente, den gefürchteten Gangsterboss, den Drogenbaron, der sie mit Stoff versorgte und die amerikanischen Behörden das Fürchten lehrte.

Sein Deckname ›El Presidente‹ passte. Denn wie ein Diktator herrschte er über sein Syndikat, hielt den Drogenmarkt in den Latino-Vierteln in eisernen Klauen. Wer sich gegen ihn stellte, war so gut wie tot.

Vielleicht war es diese harte, kompromisslose Haltung, die die Jugendlichen an ihm bewunderten. Sie verehrten ihn als ihr Idol, wollten so sein wie er, es den Weißen und Schwarzen heimzahlen, den Behörden und den reichen Säcken. Allen, die ihre Exstenz mit Füßen traten. El Presidente war ihr Vorbild, eine lebende Legende. Ihm leibhaftig begegnet zu sein, verschlug Ricardo die Sprache.

Obwohl er noch immer den harten Lauf der SIG Sauer an seiner Schläfe spürte, wies er seine Leute an, die Waffen sinken zu lassen.

»Aber Ricardo«, beschwerte sich einer der Gangmitglieder. »Er bedroht dein Leben ...«

»Mein Leben gehört sowieso ihm. Er ist El Presidente! Er hat genug Macht, um uns alle zu vernichten. Also weg mit den Knarren, verstanden?«

Ein wenig zögernd kamen die Gangmitglieder der Aufforderung ihres Oberhaupts nach. Als auch der letzte seinen Revolver hatte sinken lassen, spürte Ricardo, wie der Druck der Pistole an seiner Stirn verschwand.

Viscar ließ auch seine Lederjacke los, und nun richtete sich Ricardo auf, blickte den Mann, der sich als El Presidente zu erkennen gegeben hatte, erwartungsvoll an.

»Ich bin Ricardo, das Oberhaupt der Sangres«, stellte er sich vor. »Es ist uns eine Ehre, El Presidente in unserem Territorium begrüßen zu dürfen.«

»Ein schönes Territorium habt ihr«, meinte Viscar spöttisch und blickte sich um. »Kein Stein steht mehr auf dem anderen.«

»Unser Viertel hat es übel erwischt«, stimmte Ricardo zu. »Ist es überall so schlimm?«

»In den Südvierteln ja«, gab Viscar zur Antwort. »Ich wette, die Glaspaläste in Downtown sind heil geblieben. Ebenso wie die Villen der Reichen oben in den Hills und in Palisades.«

»Dieser verdammten Schweine!« Ricardo spuckte aus. »Für sich selbst haben sie sichere Häuser gebaut, aber uns lassen sie krepieren! Vielleicht haben sie sogar gewusst, dass das Beben kommt, ohne uns davor zu warnen.«

»Das ist sogar wahrscheinlich«, pflichtete ihm Viscar bei. »Diese fetten weißen Säcke in der Stadtverwaltung würden lieber tausend Menschenleben opfern, als ihre eigene Pension zu gefährden.«

»Wir werden uns rächen!«, knurrte Ricardo. »Wir werden blutige Rache üben für das, was sie uns hier angetan haben. Unzählige unserer Freunde sind tot, viele haben ihre Familien verloren. Ich will, dass diese Schweine dafür bluten!«

»Das werden sie«, versicherte Viscar ruhig. »Aber Rache ist nicht alles. Ihr werdet euer Viertel wieder aufbauen müssen. Und diese reichen Säcke werden euch dabei nicht helfen.«

»Aufbauen? Womit, El Presidente? Wir haben nichts. Alles, was wir besaßen, wurde durch das Beben zerstört.«

»Und wenn ich euch helfe?«, fragte der Syndikatschef lauernd.

»Du – du willst uns helfen? Das würdest du tun?«

»Warum nicht?« Viscar lächelte gönnerhaft. »Wir sind alle hispanische Brüder, nicht wahr? Wir müssen zusammenstehen gegen die reichen weißen Säcke und die Schwarzen, ehe sie uns alle vernichten.«

»Genau so ist es!«

In Ricardos Augen flackerte es fanatisch.

»Ich werde euch beim Neuaufbau eures Viertels helfen«, verkündete Viscar. »Ich werde euch Geld geben für Material, und ich sorgen dafür, dass euch Maschinen und Baumannschaften zur Verfügung gestellt werden!«

»D-das ist sehr großzügig von dir«, stammelte Ricardo überwältigt. »Wir werden für immer in deiner Schuld stehen, El Presidente. Oder gibt es etwas, was wir für dich tun könnten?«

»Nun«, sagte Viscar, und ein rätselhaftes Lächeln umspielte seine hageren Züge, »wenn du mich so fragst, Ricardo. Da gibt es tatsächlich etwas ...«

»Nenne deinen Wunsch, El Presidente. Die Sangres werden alles tun, um ihn dir zu erfüllen.«

»Ich will expandieren«, erklärte Viscar. »Die Gelegenheit ist günstig. Die Südviertel liegen in Trümmern, auch die anderen Gangs sind geschwächt. Ich will den Drogenmarkt in ihren Territorien übernehmen. Und dazu brauche ich eure Hilfe!«

»Wir werden alles tun, was du uns befiehlst, El Presidente«, versicherte Ricardo. In den Zügen des jungen Bandenchefs stand unverhohlene Bewunderung.

»Sehr gut. Wer kontrolliert den Drogenhandel im Schwarzen-Viertel?«

»Die Hoods, unsere Erzfeinde«, antwortete Ricardo. »Ihr Anführer Thrax ist Neffe eines Jamaicaners ...«

»Die Jamaicaner also«, murmelte Viscar. »Wie groß ist ihr Gebiet?«

»So groß wie das unsere«, gestand Ricardo widerwillig. »Nach uns sind sie die mächtigste Gang im Südbezirk. Außerdem gibt es noch die Panthers, die Riffs, die Sculls und die ...«

»Ihr werdet ihre Gebiete übernehmen«, sagte der Syndikatschef mit fester Stimme. »Ich will, dass du jeden verfügbaren Mann sammelst, und ich will, dass ihr über eure Feinde herfallt. Noch heute Nacht!«

»Noch heute Nacht, El Presidente?« Ricardo machte große Augen. »Aber das Beben hat auch sie getroffen. Sie haben ihre Häuser verloren. Sicher haben viele auch Tote zu betrauern und …«

»Eben deswegen, *stupido!*«, fiel Viscar ihm barsch ins Wort. »In dieser Nacht rechnen sie am allerwenigsten damit. Die Katastrophe ist für sie noch nicht vorbei.«

»Aber das … das ist …«

»Denke an die Möglichkeiten, Ricardo. Morgen früh, wenn die Sonne aufgeht und sich der Rauch und der Staub gelichtet haben, wird es kein Dutzend Gangs mehr im Südbezirk geben, sondern nur noch eine. Deine Gang, Ricardo. Die Sangres werden herrschen. Der ganze Südbezirk wird euch gehören, ihr werdet mächtiger und gefürchteter sein, als ihr es euch je hättet träumen lassen. Und niemand wird es wagen, eure Macht anzutasten, denn *ich* werde hinter euch stehen. Ihr werdet mit mir zusammenarbeiten und den Drogenmarkt in South L.A. kontrollieren. Im Gegenzug helfe ich euch dabei, euer Viertel wieder aufzubauen. Ich biete den Sangres an, meine Partner zu werden«, sagte der Gangsterboss und streckte dem Bandenführer seine knochige Rechte hin. »Was sagst du dazu? Schlagt ihr ein?«

Ricardo brauchte nicht lange zu überlegen. Die Argumente von El Presidente hatten ihn völlig überzeugt.

Hatten ihn am Anfang noch leise Skrupel geplagt, so hatten sich diese nun aufgelöst. Die Aussicht, es den Hoods heimzuzahlen und die anderen Gangs zu zerschlagen, die Sangres zur mächtigsten Bande des Südens zu machen und das Latino-Viertel neu aufzubauen, verscheuchten alle Bedenken. Der Anführer der Sangres schlug ein.

»Abgemacht«, sagte Viscar grinsend.

»Wir werden es unseren Feinden zeigen!«, stieß Ricardo hervor. »Gemeinsam mit unserem hispanischen Bruder zahlen wir es ihnen heim, den Weißen wie den Schwarzen! Allen, die uns jemals in den Arsch getreten haben!«

»Teilen und herrschen«, erwiderte der Drogenboss grinsend.

Ricardo rief seinen Leuten etwas auf Spanisch zu, worauf sie El Presidente in jubelnden Rufen hochleben ließen.

Viscar ließ es sich nur zu gern gefallen. Die Jubelrufe waren ein bizarrer Kontrast zu dem Elend und der Zerstörung, die ringsum herrschte, worüber sich der Drogenbaron köstlich amüsierte.

Schon immer hatte es zu seiner Taktik gehört, die Schwächen anderer rücksichtslos auszunutzen und sich so einen Vorteil zu verschaffen. Und noch selten waren Gegner geschwächter und angreifbarer gewesen als in dieser Nacht, der Nacht nach dem großen Beben.

Vielleicht, so dachte er, war es doch nicht so schlecht gewesen, dass diese verdammten G-men ihn nach Los Angeles geschleppt hatten. Denn ganz offenbar hielt das Schicksal hier eine günstige Gelegenheit für ihn bereit.

Vielleicht gelang ihm in einer einzigen Nacht, was ihm in den letzten Jahren nicht gelungen war. Den Drogenhandel in L.A. an sich zu bringen.

Mochte das Erdbeben für andere eine Katastrophe gewesen sein. Für ihn war es das größte Glück gewesen. Des einen Freud, des anderen Leid …

Der Motor der Harley Davidson röhrte kraftvoll. Will Cotton manövrierte seinen Feuerstuhl im Slalomkurs zwischen Trümmern und verbeulten Autowracks hindurch. Ein Stück voraus gewahrte der junge G-man eine breite Erdspalte, die quer über die von Bruchstücken übersäte Straße verlief. Kurzerhand gab er Gas, schoss mit atemberaubendem Tempo auf die Kluft zu und schanzte mit seiner Maschine darüber hinweg.

Die Harley landete federnd auf der anderen Seite der Erdspalte und schoss weiter in rasender Fahrt die Straße hinab, die rings von Ruinen und Trümmern umgeben war.

Das Ausmaß der Katastrophe war unvorstellbar, und selbst Will Cottons sonst so ungestümer, ruheloser Geist fühlte sich wie erschlagen angesichts des Schreckens.

Reihen eingestürzter Häuser säumten die Fahrbahn, die meisten Straßen waren unpassierbar. Masten und Laternen waren umgestürzt, Brände loderten allerorten.

Die Interstate, auf die Will am Ende der Victoria Street gestoßen war, glich einem Trümmerfeld. Das Viadukt, das über die Slums der Stadt führte, war auf langer Strecke eingebrochen. Die Autos, die darauf im Stau gestanden hatten, hatten sich als blecherne Lawine in die Tiefe ergossen – und mit ihnen die Menschen.

Der Anblick war schrecklich, das Grauen allgegenwärtig. Dennoch durfte sich Will nicht davon ablenken lassen, musste sich weiter auf die Suche nach seinen Freunden konzentrieren. So aussichtslos es sein mochte, sie inmitten all des Chaos finden zu wollen.

Auf beiden Seiten der Straße waren Menschen unterwegs, die Überlebenden der großen Katastrophe. Inständig hoffte Will, Jerry, Phil und Donna irgendwo unter ihnen zu entdecken. Doch er wurde bitter enttäuscht.

Er fuhr die zu Schrottbergen aufgetürmten Fahrzeuge ab, die von der Fahrbahn des Viadukts gestürzt waren, hoffte, den blauen Buick irgendwo zu entdecken, den Donna als Dienstwagen gefahren hatte. Doch ihm war bewusst, dass er nach der berühmten Nadel im Heuhaufen suchte. Selbst wenn es ihm möglich gewesen wäre, alle, auch die unzugänglichen Stellen nach dem Wagen seiner Freunde abzusuchen, er wusste, dass die Wahrscheinlichkeit, dass sie irgendwo unter einem Haufen Schutt und Trümmern begraben lagen, ungleich höher war als die, dass sie noch lebten.

Von irgendwo vernahm Will das Geräusch einer splitternden Fensterscheibe, dazu wildes Geschrei.

Plünderer, dachte der junge G-man.

Nicht genug damit, dass die Natur sich von ihrer schlimmsten Seite gezeigt hatte und eine Katastrophe von apokalyptischen Ausmaßen über die Stadt hereingebrochen war. Nun schlugen die menschlichen Geißeln zu, stiegen die Aasfresser aus der Asche, um sich am Unglück der anderen zu weiden.

Es war deprimierend. Und doch konnte Will nichts dagegen unternehmen. Ein einzelner Mann war machtlos, auch das LAPD konnte nicht helfen. Der Gouverneur hatte die Mobilmachung der Nationalgarde angeordnet, die in den Straßen für Ordnung sorgen sollte.

Im Vorbeifahren sah Will, wie mehrere teils vermummte Kerle in die Ruine eines Hauses stürmten, von dem nur noch die hölzerne Fassade stand. Durch eines der Fenster erheischte der G-man einen Blick auf eine junge Frau, die aus Leibeskräften schrie, während zwei Kerle sie festhielten und ihr die Kleider vom Leib rissen.

Das war zu viel.

Ein Mann allein mochte nicht ausreichen, um das *ganze* Viertel zu beschützen. Aber für diese junge Frau reichte es allemal.

Kurz entschlossen riss Will die Lenkung seines Motorrads herum. Die Maschine brach zur Seite aus, sprang über den Bordstein und machte einen Satz von mehreren Metern, landete geradewegs im Vorgarten des fast völlig zerstörten Hauses. Gerade gesellten sich die neu hinzugekommenen Kerle zu ihren johlenden Kumpanen und fielen ebenfalls über die junge Frau her, die panisch um Hilfe schrie.

Will stellte seine Harley ab, setzte durch den von Trümmern übersäten Garten.

Die Vergewaltiger – wie die junge Frau waren sie afroamerikanischer Abstammung – waren gerade dabei, geifernd über ihr wehrloses Opfer herzufallen. Zwei der fünf grobschlächtigen Typen hielten sie fest, während die anderen ihr die ohnehin schon zerschlissenen Kleider vom Leib fetzten. Darunter kam makellose, schokoladenfarbene Haut zum Vorschein, feste kleine Brüste.

»So, Schwester«, tönte einer der Kerle höhnisch. »Du wolltest nicht, als *ich* wollte. Jetzt *mußt* du!«

»Die Lady muss gar nichts!«, rief Will mit fester Stimme, während er mit ausgreifenden Schritten durch die nur mehr halb in den Angeln hängende Tür der Fassadenwand platzte.

Die jungen Kerle, die alle das gleiche Emblem auf ihren Kapuzenshirts trugen und vermutlich zu einer Gang gehörten, fuhren herum. Die junge Frau, die Will auf Anfang zwanzig schätzte, blickte ihn flehend und angstvoll an.

»Was war das?«, fragte der Wortführer der Bande trotzig.

»Ich sagte, die Lady muss gar nichts«, wiederholt Will. »Ihr werdet sie sofort loslassen, oder …«

»Oder was, du weißes Stück Scheiße?«, fragte der Anführer des Trupps. Drohend bauten er und seine Leute sich vor Will auf. Immerhin ließen sie dafür von der jungen Frau ab, die sich angstvoll wimmernd in den hintersten Winkel der Ruine zurückzog.

»Oder ich werde einem nach dem anderen von euch die Fresse polieren«, erklärte Will schlicht, ein unverschämtes Grinsen im Gesicht.

»Ach ja? Wirst du das, Bruder?« Der junge Schwarze grinste. »Das wäre aber ein toller Trick von dir. Für wen hältst du dich? Für Superman? Für Rambo? Für den Punisher oder irgendeinen anderen dieser weißen Idioten? Eure Zeit ist abgelaufen, Bruder. In dieser Stadt ist nichts mehr so, wie es war. Jetzt herrscht das Chaos. Jetzt herrschen *wir!*«

Noch während er sprach, griffen die Kerle unter ihre weiten Shirts und beförderten Ketten, Schlagringe und furchterregend aussehende Messer mit gezackten Klingen zutage, die sie drohend vor Will schwenkten.

»Ich weiß nicht«, erwiderte Will ruhig. »Wenn ihr mich fragt, ist es eher *eure* Zeit, die abgelaufen ist, Jungs. Superman bin ich nicht, nur ein mieser kleiner Special Agent vom FBI. Und das hier«, damit zückte er seine P226 und legte damit auf den Anführer der fünf Burschen an, »ist Siggy Sauer, mein bester Freund. Und wenn ihr Scheißkerle nicht sofort Leine zieht, dann stanzen Siggy und ich euch ein paar hübsche Löcher in eure hässlichen Visagen. *Verstanden?*«

Die Gangmitglieder verstanden. Es war die *einzige* Sprache, die sie verstanden.

Krampfhaft nickten sie. Dann, ohne ein weiteres Wort zu verlieren, ergriffen sie die Flucht, rannten Hals über Kopf davon, setzten über die eingestürzte Seitenwand nach draußen und verschwanden in der Dunkelheit.

Will schnaubte, blickte ihnen voller Verachtung hinterher. Wenn er etwas nicht leiden konnte, dann waren es Typen, die sich an Schwächeren vergingen und nur mutig waren, solange sie sich überlegen fühlten. Und dabei war es völlig egal, welche Hautfarbe sie besaßen.

Der G-man steckte seine Dienstwaffe wieder weg, trat langsam auf die junge Frau zu, die vor Furcht und Scham zitternd am Boden kauerte.

»Es ist gut«, sagte er mit sanfter Stimme. »Sie sind weg, okay?«

Die junge Frau nickte nur, war nicht fähig, auch nur ein Wort zu sprechen.

Will näherte sich ihr mit aller Vorsicht, bemerkte das unruhige Flackern in ihren Augen. Sie hatte schreckliche Angst.

»Es ist alles gut«, sagte er noch einmal. »Die Gefahr ist vorüber, Miss. Können Sie aufstehen?«

Behutsam streckte er ihr seine Rechte entgegen, die sie nach anfänglichem Zögern ergriff. Behutsam half er ihr auf die Beine.

Sie war schlank und von zierlicher, fast jungenhafter Gestalt. Ihr schulterlanges gelocktes Haar hing in schmutzigen Strähnen, ihr Kleid war zerfetzt und zerrissen. Aber sie war eine Schönheit, daran konnte kein Zweifel bestehen. Alles in Will wollte sich umstülpen vor Abscheu, wenn er daran dachte, was diese Kerle mit ihr vorgehabt hatten. Zum Glück war er dazwischengekommen.

»Wird es gehen?«, fragte er sanft.

Sie nickte, blickte ihn aus ihren von Tränen geröteten Augen an.

»Wie heißen Sie?«

»Lisa. Lisa Jones.«

»Will Cotton«, stellte er sich vor und schenkte ihr ein ermunterndes Lächeln. »Wo wohnen Sie, Lisa?«

»Hier.« Sie deutete auf die Trümmer, inmitten derer sie standen. »Das heißt, ich *habe* hier ... Mein Bruder, meine Schwestern. Sie sind alle ...«

Mehr konnte sie nicht sagen. Tränen schossen erneut in ihre Augen, und ein Schluchzen erstickte ihre Stimme.

»Ich verstehe.« Will nickte. Er spürte Mitleid mit der jungen Frau, vielleicht sogar ein wenig Zuneigung. Er hatte das Gefühl, sich um sie kümmern, sie beschützen zu müssen. Sie hatte schon genug gelitten für eine Nacht.

Das Problem war, dass er nicht bei ihr bleiben konnte. Er musste weiter nach Donna, Jerry und Phil suchen, nur für den Fall, dass sie noch lebten.

»Hören Sie, Lisa«, sagte er leise. »Ich werde versuchen, eine Streife des LAPD zu alarmieren, die Sie hier abholen und sich um Sie kümmern wird, okay?«

Die junge Frau erwiderte nichts. Der Blick, den sie ihm sandte, war unmöglich zu deuten.

Rasch zückte Will das Funkgerät, das er bei sich trug. Das Funknetz für Handtelefone war völlig zusammengebrochen. In aller Eile gab er einen Notruf auf der Frequenz des LAPD ab. Um sogleich mitgeteilt zu bekommen, dass alle Streifenfahrzeuge im Einsatz und unabkömmlich wären. An Unterstützung durch das Department war also nicht zu denken.

»Tut mir Leid«, sagte Will kopfschüttelnd.

»Kei-keine Polizei?«, fragte Lisa mit leiser Stimme. In ihren geröteten Augen flackerte Panik.

»Nein. Die Jungs sind alle im Einsatz. Sorry, Miss.«

»Aber … Sie können mich nicht allein hier zurücklassen! Bitte nicht! Diese Typen, die Sie vorhin verjagt haben, sind bestimmt noch in der Nähe! Sie werden zurückkehren. Und das nächste Mal wird niemand da sein, der sie vertreibt!«

Will nickte. Er wusste, dass die junge Frau Recht hatte. Aber was sollte er tun? Schließlich wollte er nach Donna und den anderen suchen, was nicht gerade ungefährlich war. Andererseits hatte Lisa so wenigstens eine Chance …

»Okay«, meinte er schulterzuckend. »Ich bin hier, um nach ein paar Freunden zu suchen, die bei dem Beben verlorengegangen sind. Wenn Sie mich begleiten möchten …«

»Ich danke Ihnen!«, sagte Lisa und umarmte ihn spontan. Wills erster Instinkt war, sich aus ihrer Umarmung zu lösen. Doch als er ihren zarten, warmen Körper spürte, schloss er seine Arme um sie und zog sie an sich heran.

Fast hätte er sie geküsst, seinen Mund auf ihre weichen, vollen, absolut sinnlichen Lippen gedrückt und …

Er riss sich zusammen. Dies hier war nicht der richtige Augenblick. Wahrhaftig nicht …

Sie gingen hinaus in den Garten, und Will schwang sich wieder auf die Harley, Lisa nahm hinter ihm Platz.

»Gut festhalten!«, wies er sie an.

Dann gab er Gas.

Die Maschine stieg vorn hoch, und Will legte einen feurigen Start auf dem Hinterrad hin, fegte in wildem Slalom-Kurs die Straße hinab, weiter Richtung Süden.

Als Donna Sullivan die Augen aufschlug, gewahrte sie um sich nichts als Finsternis.

Sie kämpfte die Panik nieder, die in ihr aufkommen wollte, versuchte, sich zu erinnern, was geschehen war. Und als würde sich ganz langsam ein Vorhang heben, der die Geheimnisse der Vergangenheit verborgen hatte, kehrte die Erinnerung zu ihr zurück.

Das Erdbeben ... der Einsturz ... der Unfall ...

Sie hatte sich den Kopf gestoßen und war wohl ohnmächtig geworden. Aber wo, in aller Welt, war sie jetzt?

Obwohl rings um sie völlige Dunkelheit herrschte, erkannte die junge FBI-Agentin, dass sie sich nicht mehr im Buick befand. Stattdessen lag sie auf einer Art Bahre, war an Händen und Füßen gefesselt und mit Lederriemen festgeschnallt, sodass sie sich kaum rühren konnte.

Wo war sie?

Und wie war sie hierher gelangt?

Donnas Gedanken drehten sich im Kreis, tanzten zwischen ihren schmerzenden Schläfen. Mit antrainierter Disziplin versuchte die junge Frau, Ordnung in das Chaos zu bringen, das in ihrem Kopf herrschte, und ihre wirren Gedanken ein wenig zu sortieren.

Jemand musste sie aus dem Wrack des Buick geborgen haben. Wenn sie allerdings an die Fesseln und die Lederriemen dachte, mit denen sie an die Trage geschnürt war, so war ihr nur zu klar, dass dieser Jemand es nicht sehr gut mit ihr meinte.

Wer mochte es sein?

Donna bekam die Antwort, noch ehe ihr Verstand sie von allein zur einzig logischen Folgerung führte.

Aus einem angrenzenden Raum hörte sie leise, gedämpfte Stimmen. Eine davon hätte sie unter Hunderten wieder erkannt.

Sie gehörte Diego Viscar.

Die Erkenntnis durchzuckte Donna wie ein Stromschlag.

Viscar!

Er also war es gewesen, der sie aus dem Wagen geborgen hatte. Nicht um sie zu retten, sondern um sie zu seiner Geisel zu machen.

Was hatte er vor?

Wollte er sich freipressen?

In einem Anfall von Frustration und hilfloser Wut zerrte Donna an den Fesseln. Doch die Stricke um ihre Gelenke zogen sich dadurch nur noch enger.

Was war nur geschehen?

Wie war es Viscar gelungen, sich zu befreien?

Und wie hatte er sie so einfach entführen können?

Wo waren Jerry und Phil?

»Jerry?«, fragte Donna flüsternd in die Dunkelheit. »Phil …?«

Sie erhielt keine Antwort.

Offenbar befand sie sich also allein in Viscars Gewalt. Wo die beiden G-man abgeblieben waren, konnte sie nur vermuten. Sie konnte nur hoffen, dass sie nicht …

Sie musste ruhig bleiben, sagte sie sich, musste um jeden Preis die Kontrolle über sich bewahren. Was immer mit ihren Freunden geschehen war, spielte jetzt, in diesem Augenblick, keine Rolle. Sie konnte jetzt ohnehin nichts für sie tun, musste sich auf das Hier und Jetzt konzentrieren …

Angestrengt lauschte sie, was die Stimmen im Nebenzimmer besprachen. Neben Viscars öligem Organ machte sie noch eine zweite, jüngere Stimme aus, deren Besitzer offenbar hispanischer Abstammung war. Der Latino-Akzent war unüberhörbar.

»Ist alles vorbereitet?«, erkundigte sich Viscar.

»Si, El Presidente. Die Sangres sind bereit anzugreifen, wenn du es befiehlst. Wir haben mehrere Trupps gebildet, die in alle Himmelsrichtungen vorstoßen werden. Der Hauptangriff gilt den Hoods. Wir werden sie völlig unvorbereitet treffen.«

»Das werden wir«, versicherte Viscar. »Jetzt endlich erhaltet ihr Gelegenheit zurückzuschlagen, es euren Feinden heimzuzahlen. Diese Nacht, mein Freund, wird lange in Erinnerung bleiben.«

»Si, El Presidente«, erwiderte die jüngere Stimme mit fanatischem Unterton.

»Wir werden hart zuschlagen und keine Gnade walten lassen. Es werden keine Gefangenen gemacht.«

»Si, El Presidente.«

»Wir werden sie alle zerschlagen. Die Hoods, die Sculls, die Riffs, die Panthers und wie sie alle heißen. Wenn sich der Staub über der Stadt lichtet, werden sie alle nur noch Erinnerung sein. Und niemand wird irgendwelche Fragen stellen. In dieser Nacht, Ricardo, werden die Toten nicht gezählt. Auf ein paar Hundert mehr oder weniger kommt es nicht mehr an. Aber wenn der neue Tag dämmert, werden die Sangres den Süden beherrschen ...«

» ... und ihn für dich kontrollieren, El Presidente«, sagte Ricardo. »Wir werden die Ware für dich verkaufen und den Handel organisieren. Deine Macht in L.A. wird grenzenlos sein. Gemeinsam werden wir herrschen. Tod unseren Feinden!«

»Tod unseren Feinden!«, echote Viscar. Die beide lachten, dass es laut zu Donna herübertönte.

Benommen wandelte Mike Drexler durch eine albtraumhafte Landschaft aus Trümmern, Staub und Leid.

Überall rings umher sah er die Feuer schwelen, sah er die zahllose Ruinen, die wie Totengerippe in den nachtschwarzen Himmel ragten. Gebeugte Gestalten waren hier und dort zu sehen, standen fassungslos vor den Trümmern ihrer Existenz, betrauerten die Toten oder saßen hilflos vor den Verletzten, die vor ihren Augen starben, ohne dass sie etwas dagegen unternehmen konnten.

Mike hielt das Handy noch immer mit der Hand umklammert, nachdem er sich mit Mühe und Not und mit letzter Kraft von dem einbrechenden Viadukt gerettet hatte. Verzweifelt hatte er versucht, eine Ambulanz zu rufen oder den Rettungsdienst zu verständigen. Doch das kleine Gerät hatte sich als nutzlos erwiesen. Offenbar waren die Kommunikationseinrichtungen völlig zusammengebrochen, und selbst wenn sie noch funktioniert hätten, wäre wahrscheinlich kein Rettungsteam frei gewesen.

Erschüttert durchschritt Mike die Ruinen der Slums, war wie benommen von all dem Entsetzen, das rings um ihm herrschte. Den stechenden Schmerz in seiner Brust nahm er darüber kaum wahr. Er musste sich die Rippen angeknackst haben. Vielleicht waren sie sogar gebrochen, er wusste es nicht. Wenn er flach atmete, war es einigermaßen zu ertragen, doch sobald er tief Luft holte, hatte er das Gefühl, als würde er lichterloh brennen.

Doch Mike ging immer weiter – ziellos, planlos.

Die Welt war aus den Fugen geraten. Und er trug daran eine Mitschuld.

Wie viel von all dem Elend, das ihn umgab, hätte verhindert werden können, wenn er sich rechtzeitig an die Presse gewandt hätte statt an seinen sturen Vorgesetzten?

Vielleicht hätten die Südviertel dann noch rechtzeitig evakuiert werden können, vielleicht hätte es weniger Tote und Verwundete zu beklagen gegeben. Vielleicht hätten weniger Kinder in dieser Nacht ihre Eltern verloren …

Vielleicht.

Die Realität sah anders aus.

Mike konnte nicht verhindern, dass ihm die Tränen kamen. Zu groß war das Ausmaß von Leid und Zerstörung, dessen Zeuge er war.

Er sah weinende Kinder vor einem zerstörten Haus stehen, sah eine reglose menschliche Hand, die unter einem Berg von Schutt herausragte. Unauslöschlich brannten sich die Bilder in sein Gedächtnis, und seine Mitschuld lasteten zentnerschwer auf seinem Gewissen.

Traurig ging Mike weiter, betrat eine schmale Gasse, die zu beiden Seiten von Trümmerhaufen gesäumt wurde. Er war so in Gedanken versunken, dass er nicht wahrnahm, wie sich ihm eine tödliche Gefahr näherte. Es war eine dunkle, in einen zerfetzten Militärponcho gehüllte Gestalt, die lautlos heranschlich. Ihre Augen blitzten mordlustig, unter dem Poncho hielt die Gestalt ein großes Kampfmesser versteckt.

Mit einem Geschick, das dem Unheimlichen vor vielen, vielen Jahren beigebracht worden war, huschte er über die Schutthaufen und heftete sich an Mikes Fersen. Erst, als ein dunkler Schatten über ihn fiel und ihn etwas mit raubtierhaftem Gebrüll ansprang, registrierte der junge Wissenschaftler die Gefahr.

Mike stieß einen überraschten Laut aus, als ihn etwas mit unwiderstehlicher Gewalt packte und zu

Boden warf. Hart schlug er zu Boden, brüllte auf vor Schmerz.

Die Luft blieb ihm weg, und er sah Sterne vor Augen. Dann, als sich sein Blick wieder geklärt hatte, gewahrte er über sich die gedrungene, bucklige Gestalt in dem zerschlissenen Poncho mit Tarnmuster.

Der Ex-Soldat hatte eine Augenklappe, und seine gelben Zähne waren gefletscht wie die eines Raubtiers. In seiner Rechten hielt er das Messer, dessen breite Klinge im fahlen Mondlicht blitzte.

»So«, zischte er, »hab ich dich, du verdammtes Schwein! Gib mir dein Geld, oder ich stech dich ab!«

»Ich – ich habe kein Geld bei mir«, stammelte Mike, und es entsprach auch der Wahrheit. Sein Portemonnaie hatte im Auto gelegen, zusammen mit seinem Aktenkoffer.

»Pah!« Der alte Ex-Soldat spuckte aus, schnitt eine hasserfüllte Grimasse. »Denkst du, das glaube ich dir? Früher, als ich in Downtown an den Ecken saß und euch um jeden Cent anbetteln musste, da konntest du mir so eine Scheiße erzählen. Aber jetzt, du verfluchter kleiner Stinker, bin ich am Zug! Eure Stadt ist vor die Hunde gegangen, so wie mein ganzes Leben. Jetzt sind wir quitt. Und jetzt gib mir endlich dein Geld!«

Mike wusste nicht, was er erwidern sollte. Er erkannte, dass der Mann den Verstand verloren hatte. Wenn Mike ihm nicht gab, wonach er verlangte, würde er ihn ohne Skrupel umbringen.

»Bitte glauben Sie mir!«, kreischte Mike verzweifelt. »Ich habe wirklich kein Geld!«

»Scheiße, ich hab dich gewarnt!«, rief der Veteran aus. Mit der Linken packte er den am Boden liegenden Wissenschaftler am Kragen, riss ihn zu sich hoch, um ihm die Klinge bis zum Heft in die Kehle zu stoßen.

Starr vor Angst und Schreck war Mike unfähig, Gegenwehr zu leisten. Instinktiv schloss er die Augen, wartete auf den grausamen Stoß, der seinem jungen Leben ein jähes Ende bereiten würde.

Doch der tödliche Messerstich blieb aus.

Mike hörte ein seltsames Geräusch und riss die Augen auf, sah, wie das Messer in hohem Bogen davonflog. Im nächsten Moment wurde er losgelassen und fiel zurück, sah, wie sich ein schlanker, durchtrainiert wirkender Mann in einem zerschlissenen, staubigen Anzug mit geballten Fäusten auf den Veteranen stürzte.

Der alte Soldat machte einen Satz zurück, riss seinerseits die Fäuste hoch. Doch den blitzschnellen, gewandten Bewegungen des Angreifers hatte er nichts entgegenzusetzen. Wie ein Hagelschlag prasselten die Hiebe auf ihn nieder.

»Verschwinde!«, rief der Fremde. »Lass dich hier bloß nicht mehr blicken!«

Der Veteran blickte ihn gehetzt an, raffte sich dann schnell auf und verschwand Hals über Kopf in der Dunkelheit.

Der Fremde hob das Messer auf, das der alte Soldat zurückgelassen hatte, und steckte es ein. Dann wandte er sich Mike zu, der noch immer benommen am Boden lag.

Einen Augenblick lang wusste der junge Seismologe nicht, was er sagen sollte.

»Danke«, presste er schließlich hervor.

»Gern geschehen«, sagte der andere, und über seine Züge huschte ein mattes Lächeln, während er Mike seine Hand reichte, um ihn auf die Beine zu ziehen. »Jerry Cotton, FBI ...«

Der junge Mann mit dem gelockten Haar blickte eingeschüchtert zu mir auf. Dann, endlich, griff er nach meiner Hand, und ich zog ihn hoch.

»Abgenehm«, erwiderte er leise. »Ich bin Mike Drexler.«

»Sie haben Glück gehabt, Mike«, stellte ich fest. »Wenn ich nur ein wenig später gekommen wäre …«

»Ich weiß.« Der junge Mann nickte, strich sich die schweißnassen Strähnen aus seinem staubbedeckten Gesicht. »Ich hab nicht aufgepasst, nicht auf meine Umgebung geachtet. Das war ziemlich dumm von mir. Ich – ich war in Gedanken.«

»Schlechte Gegend für einen Spaziergang«, sagte ich. »Hier draußen treibt sich übles Gesindel herum. Die öffentliche Ordnung ist zusammengebrochen. Der Mob herrscht in den Straßen.«

»Ich weiß«, sagte Mike niedergeschlagen. »Und es ist meine Schuld.«

»Wie – wie meinen Sie denn das?«, fragte ich verblüfft.

»Ich hätte es verhindern können«, flüsterte Mike, und plötzlich rannen ihm Tränen übers Gesicht. »Ich wusste, dass das passieren würde, verstehen Sie? Ich habe es gewusst!«

»Das konnten Sie nicht wissen«, wehrte ich ab. Stand der junge Mann unter Schock? War er einer dieser Sterngucker oder Wahrsager, die es hinterher immer vorausgesagt hatten? Oder war er einfach nur durchgeknallt? »Niemand konnte wissen, dass so etwas geschehen würde, Mike.«

»Wie wollen Sie das wissen?« Der junge Mann schaute mich unwillig an. »Sie wissen ja noch nicht einmal, wer ich bin!«

»Und wer sind Sie?«

»Ich bin Wissenschaftler am städtischen Institut für

seismologische Forschungen«, erklärte Mike. Und er hatte die Überraschung auf seiner Seite. »Den ganzen Morgen über schon hatte ich diese Anomalien auf dem Monitoren, habe ich Unregelmäßigkeiten registriert, die zumindest außergewöhnlich waren.«

»Und?«, fragte ich nur.

»Ich habe eine Theorie aufgestellt, der zufolge sich die Intensität der Beben exponentiell entwickelt. Und die Anomalien schienen diese Theorie zu bestätigen. Ich rechnete aus, dass es am Abend zu einem Hauptbeben kommen würde, vielleicht dem schlimmsten, das die Stadt jemals heimgesucht hat!«

»Und haben Sie Ihren Vorgesetzten Bescheid gegeben?«

»Natürlich. Aber man hat mich nur ausgelacht. Man sagte mir, ich solle keine Panik verbreiten und mich um meinen eigenen Kram kümmern. Was ich dann auch getan habe«, fügte er hinzu und ließ niedergeschlagen den Kopf sinken.

»Sie haben bestimmt Ihr Bestes getan, Mike«, erwiderte ich, während ich zugleich namenlose Wut in mir hoch kochen fühlte. Wenn sich die Dinge tatsächlich so zugetragen hatten, wie Mike es mir erzählt hatte, würden sich einige Leute im seismologischen Institut ein paar unangenehme Fragen gefallen lassen müssen.

»Nein, es ist meine Schuld«, beharrte der junge Seismologe unter Tränen. »Ich habe mich einschüchtern lassen, obwohl ich von meiner Theorie fest überzeugt war. Ich *wusste*, dass es geschehen würde. Doch ich habe nichts unternommen, bis es zu spät war.«

Ich kannte das Gefühl nur zu gut, das Mike so sehr zusetzte. Jeder G-man gerät früher oder später mal in die Situation, die falsche Entscheidung getroffen zu haben, und in unserem Job geht es zumeist um Menschenleben. Dennoch, ich wollte nicht glauben, dass der junge Mann die alleinige Schuld an dieser gewaltigen Katastrophe trug, auch wenn er sich das in seinem Zustand einreden mochte.

»Sie haben getan, was Sie konnten«, sagte ich. »Und jetzt reißen Sie sich zusammen. Tausende von Menschen sind bei dem Beben ums Leben gekommen, doch Sie genießen das große Privileg, zu den Überlebenden zu gehören!«

»Sie – Sie haben Recht.«

Mike nickte, wischte die Tränen aus seinen Augen und blickte mich traurig an.

Ich wusste, dass es nur eines gab, was dem jungen Wissenschaftler jetzt helfen konnte. Eine Aufgabe. Einen Sinn, der ihn aufrecht und damit am Leben hielt.

»Ich habe eine Mission zu erfüllen«, erklärte ich deshalb. »Wollen Sie mich begleiten?«

Mir war klar, dass ich den Jungen nicht hier zurücklassen konnte. Die Straßen wurden von Minute zu Minute unsicherer. Wenn ich Mike hier zurückließ, würde er den Morgen mit hoher Wahrscheinlichkeit nicht erleben.

»Eine – eine Mission?«, fragte er. »Was für eine Mission?«

»Wie ich schon sagte, ich bin FBI-Agent.« Ich griff in mein Jackett, zeigte ihm meine Marke. »Ich suche nach einer verschollenen Kollegin. Und nach einem entflohenen Schwerverbrecher.«

»Sie – Sie sind also tatsächlich vom FBI?«, staunte Mike. Er hatte große Augen bekommen, starrte zuerst auf meine Marke und musterte mich dann. Einen Augenblick dachte er nach, dann nickte er entschlossen. »In Ordnung, Jerry. Ich werde Sie begleiten.«

»Gute Entscheidung«, murmelte ich und schaute

mich beunruhigt zwischen den Schutthügeln um. Von irgendwo hatte ich ein verdächtiges Geräusch gehört. »Und jetzt lassen Sie uns gehen. Diese Gegend gefällt mir ganz und gar nicht, und ich trage keine Schusswaffe bei mir.«

»Keine Schusswaffe?«, fragte Mike. »Gehört das nicht zu Ihrer – äh, Standardausrüstung?«

»Normalerweise ja«, gab ich knurrend zurück, »nur ausgerechnet heute nicht.«

Wieder hörte ich ein Geräusch in der Dunkelheit, den hektischen Tritt sich nähernder Schritte, und wir brachen auf. Eilig stiegen wir über einen der Schutthaufen und verließen die Gasse, stießen auf eine breite Straße. Wenn sich Viscar auf seiner Flucht ein Auto geschnappt hatte, war er vielleicht hier durchgekommen. Die Fahrbahn erschien mir einigermaßen passierbar.

Wir beschleunigten unsere Schritte, und schon nach wenigen Metern hatten die Dunkelheit ihren schützenden Mantel über uns gebreitet.

Die Suche nach Diego Viscar ging weiter …

Donna Sullivan stockte der Atem.

Das Gespräch, das die FBI-Agentin von ihrem dunklen Gefängnis aus belauscht hatte, ließ ihr das Blut in den Adern gefrieren.

Nicht nur, dass Viscar entkommen war und sie als seine Geisel hielt. Der Drogenboss hatte sich auch noch mit den Sangres verbündet, einer der berüchtigtsten Hispano-Gangs des ganzen Südens, und plante die Übernahme der Stadt.

Wer South L.A. in seinen Klauen hielt, der kontrollierte praktisch den ganzen Drogenhandel der Stadt. Und wer den Drogenhandel kontrollierte, der kontrollierte auch die Gangs. Und die Gangs wiederum kontrollierten große Teile der Stadt.

Das und nicht weniger war es, worauf Viscar aus war. Der Erzschurke nutzte die Gunst der Stunde, um seine Macht auszubauen.

»In dieser Nacht werden die Toten nicht gezählt«, hatte der Verbrecher in seiner menschenverachtenden Art gesagt. Donna wusste nur zu genau, was das bedeutete.

Schon waren die Killertrupps der Sangres unterwegs, um den anderen Gangs zu Leibe zu rücken, nun, da sie am verwundbarsten waren.

Nicht, dass die junge FBI-Agentin irgendwelche Sympathien für die anderen Gangs gehegt hätte. Die Gruppierungen, zu denen sich die Jugendlichen in den Gettos zusammenrafften, waren allesamt kriminell, rassistisch und skrupellos. Jedoch über Menschen herzufallen, die völlig hilflos waren und unter Schock standen, die gerade erst mit knapper Not einer schrecklichen Katastrophe überlebt hatten, das war in Donnas Augen so ziemlich das Verwerflichste, was man tun konnte.

Wie hieß es doch so schön?

Der Mensch ist des Menschen Wolf.

Selten hatte sich dieser alte Grundsatz mehr bestätigt als in dieser Nacht …

Plötzlich waren draußen vor der Tür des Verschlags, in dem Donna gefangen gehalten wurde, rasche Schritte zu hören. Der Riegel wurde zurückgezogen, und die schwere Metalltür schwang auf.

Ins Innere des Raums fiel von draußen flackerndes Licht, das Donna blendete und in ihren Augen schmerzte. Die FBI-Agentin blinzelte, konnte dann eine hagere Gestalt erkennen, die im Türrahmen stand und deren Silhouette sich gegen die zuckende Helligkeit abzeichnete, die von mehreren Fackeln zu stammen schien.

Viscar.

Donna erkannte den Erzverbrecher sofort, obwohl er nur als Schemen zu erkenne war, doch sie konnte die Bosheit, die von ihm ausging, beinahe körperlich spüren.

»Ah«, stellte Viscar fest, »Sie sind wach ...«

»Lange genug«, erwiderte Donna mit fester Stimme, »um mitbekommen zu haben, was für eine bodenlose Schweinerei Sie planen, Viscar. Aber eines kann ich Ihnen sagen. Damit kommen Sie nicht durch.«

»Sie haben gelauscht«, sagte Viscar und lachte kehlig. »Sie sind ein ungezogenes Mädchen, Agent Sullivan.«

»Ja, ich habe gelauscht. Und ich habe alles mitbekommen, was Sie vorhaben. Aber Ihr Plan, sich zum Drogenbaron von L.A. aufzuschwingen, wird nicht funktionieren!«

»Mit Verlaub, meine Teure. Wer sollte mich da noch stören? Meine neuen Verbündeten sind mir treu ergeben, und sie sind schon unterwegs, um den gesamten Bezirk zu unterwerfen. Niemand wird sich mir in den Weg stellen, Agent Sullivan. Im Gegenteil, wenn sich der Staub, den dieses bedauerliche Beben aufgewirbelt hat, wieder lichtet, werde ich der uneingeschränkte Herrscher der Unterwelt von L.A. sein.«

»Davon träumen Sie doch nur!«, konterte Donna trotzig. »Ihre kleinen Freunde werden sehr bald merken, dass Sie sie nur dazu benutzen, um an die Macht zu kommen. Was dann, Viscar?«

»Da machen Sie sich mal keine Sorgen«, höhnte der Gangsterboss. »Diese jungen Kerle sind dumm genug, um alles zu glauben, was ich ihnen auftische. Aber als Steigbügelhalter eignen sie sich ausgezeichnet.«

Obwohl Donna die Züge des Schurken im Gegenlicht nicht sehen konnte, wusste sie, dass Viscars knochiges Gesicht grinste. Alles in ihr sehnte sich danach, ihm etwas an den Kopf zu werfen, das dieses verdammte Grinsen aus seiner Visage fegte.

»Der FBI wird Ihnen auf die Schliche kommen und Ihnen das Handwerk legen, verlassen Sie sich darauf!«

»Ihr Vertrauen in Ihre Behörde in allen Ehren, Agent Sullivan. Aber ich denke, dass der FBI im Augenblick Wichtigeres zu tun hat, als meinen Plänen nachzuspüren.«

»Ich habe Freunde«, sagte Donna. »Sie werden nach mir suchen.«

»Wenn Sie auf Ihre Kollegen Cotton und Decker anspielen, die sind inzwischen wahrscheinlich schon tot. Und sollte es wirklich zu unerwünschten Konfrontationen mit der Polizei kommen, habe ich immer noch einen Trumpf im Ärmel.«

»Welchen?«, wollte Donna wissen.

»Da fragen Sie noch, Schätzchen?« Der Erzganove kicherte. »*Sie* natürlich!«

Er wandte sich ab und warf die Tür des Verschlags hinter sich zu, der sich offenbar irgendwo in einem Keller befand. Es polterte dumpf, und das flackernde Licht der Fackeln war wieder ausgesperrt. Donna blieb allein im Finsteren zurück.

Die junge FBI-Agentin fragte sich, ob Diego Viscar noch Herr seiner Selbst oder ob er schlichtweg übergeschnappt war war.

War Viscar ein Opfer seines eigenen Größenwahns geworden?

Andererseits hätte man fast glauben können, das

Erdbeben wäre geradewegs auf seine Bestellung hin erfolgt.

Sich bietende Situationen zu nutzen und die Schwächen anderer schonungslos auszunutzen, das war immer Diego Viscars Handlungsweise gewesen. So auch hatte er sich an die Spitze eines der führenden Drogensyndikate aufschwingen können.

Nun, da sich die Gelegenheit bot, setzte er alles daran, seine Macht und seinen Einfluss noch zu vergrößern. Und wie es aussah, gab es niemanden, der ihn noch aufhalten konnte. Inzwischen waren seine Killertrupps bereits unterwegs, fielen über die anderen Stadtviertel her, die ebenfalls in Trümmern lagen, während Donna hier festsaß und nicht das Geringste unternehmen konnte.

Beklommen dachte Donna an Jerry und Phil.

Viscar hatte gesagt, dass die beiden inzwischen *wahrscheinlich* tot seien. Das bedeutete, dass auch der Ganove nichts Genaues über ihren Verbleib wusste. So groß also die Wahrscheinlichkeit sein mochte, dass sie bei dem Beben ums Leben gekommen waren, es bestand auch eine gewisse Hoffnung, dass sie noch lebten.

Donna atmete tief durch, klammerte sich an diesen einzigen ihr noch verbleibenden Strohhalm. Ob Jerry und Phil wirklich noch lebten, wusste sie nicht. Nur eines wusste sie.

Dass Diego Voscar aufgehalten werden musste, ehe seine Schergen ein Blutbad anrichteten und er sich selbst zum alleinigen Herrscher von South L.A. krönte.

Ein alter Pick-up war zum Kriegsfahrzeug umfunktioniert worden. Anders konnte man es nicht nennen. Denn in den zerstörten Straßen von South Central L.A. war tatsächlich ein Krieg ausgebrochen, ein mörderischer Konflikt.

»Da vorn laufen Sie! Feuer!«, schrie Ricardo.

Auch die Schützen, die auf der Ladefläche des Pick-up standen, sahen die jungen Männer und Frauen, die vor ihnen die Flucht ergriffen und die Seitenstraße hinabrannten. Sie eröffneten ohne Skrupel das Feuer.

Sie hatten das Chaos genutzt, um Waffengeschäfte auszurauben. Auch illegale Waffenlager, von denen sie wussten, hatten sie geplündert. Sie hatten sich mit MPis, Munition und sogar Handgranaten eingedeckt.

Die Flucht der anderen Gangmitglieder endete jäh. Die Kugeln der Sangres mähten sie regelrecht nieder.

Ricardo und seine Leute brachen in heulendes Triumphgeschrei aus.

Dies war die Nacht, in der die Sangres zuschlugen, in der sie sich zu den alleinigen Herren des Südens erhoben. Wenn der Morgen dämmerte, würden ihre Feinde alle vernichtet sein. Und man würde ihren Namen fürchten wie keinen zweiten. Dank der Hilfe von El Presidente konnten sich die Sangres endlich zu der Höhe aufschwingen, die ihnen gebührte. Der Triumph würde vollkommen sein.

Wieder gewahrte einer der Schützen, die mit Ricardo auf der Ladefläche hockten, eine Bewegung in einer der Ruinen. Er eröffnete sofort das Feuer. Die Maschinenpistole ratterte, flackerndes Mündungsfeuer erhellte die Nacht. Und die Gestalt, die für einen kurzen Moment zu sehen gewesen war, tauchte nicht wieder auf.

Die Sangres johlten, in ihren Augen leuchteten Blutgier und Mordlust. Der Schock des Bebens und die anstachelnden Worte von El Presidente hatten ihnen jede Menschlichkeit genommen, hatten sie zu mordenden Bestien gemacht, die weder Gnade noch Skrupel kannten. Schon gar nicht, wenn es gegen ihre Erzfeinde ging, die Hoods.

Urplötzlich erfüllte noch ein anderes Rattern die nächtliche Stille. Und der Schütze, der unmittelbar neben Ricardo stand, brach blutüberströmt zusammen, kippte seitlich von der Ladefläche.

»In Deckung!«, brüllte Ricardo. Sofort duckten sich die Schützen hinter das klobige Führerhaus des Pick-up.

Die Garbe war von vorn gekommen, offenbar aus Richtung der Straßensperre, die dort errichtet worden war.

»Hoods«, sagte Ricardo nur. »Ich kann Thrax' Gestank beinahe bis hierher riechen. Der Feigling hat die Hosen voll.«

»Was sollen wir tun?«, fragte der Fahrer des Pick-up durch die zertrümmerte Scheibe in der Rückwand des Führerhauses.

»Was wohl? Gib Gas! Wir brechen durch!«

»Durchbrechen, Ricardo?«

»Aber sicher! Wir zeigen es diesen Schweinen! Diese Nacht gehört uns. Alleine uns, *comprende?*«

»Si«, gab der Fahrer mit gedämpfter Stimme zurück, und er gab Gas.

Der Pick-up schoss vorwärts, geradewegs auf die aus mehreren Wagenwracks errichtete Absperrung zu. Hindernisse, die auf der Straße lagen, wurden einfach aus dem Weg gerammt. Die Sangres hatten nicht vor, sich aufhalten zu lassen.

Vorn an der Absperrung loderten grelle Mündungsflammen auf, feurige Projektile schlugen dem Pick-up entgegen. Doch die Stahlplatten, mit denen die Front des Wagens verstärkt worden war, und die dem Fahrer nur einen schmalen Sehschlitz ließen, hielten den Geschossen stand.

Mit metallischem Klang und Funken schlagend prallten die Kugeln ab, spritzten kreischend nach allen Seiten. Der Motor des Pick-up heulte auf.

»Festhalten!«, brüllte Ricardo.

Im nächsten Moment hatte das bullige Gefährt die Absperrung erreicht, prallte mit voller Wucht dagegen.

Ricardo und seine Leute bissen die Zähne zusammen, klammerten sich mit aller Gewalt fest, als ihr Pick-up gegen die Wracks krachte und diese mit schrecklicher Wucht beiseite stieß.

Der Aufprall war entsetzlich, das Knirschen und Bersten von Metall erfüllte die Luft. Von irgendwo hörte Ricardo entsetzte Schreie, einen vereinzelten Schuss. Dann hatte der Pick-up die Absperrung durchbrochen, und zu beiden Seiten der Straße sah man Angehörige der Hoods wie die Hasen fliehen.

»Los!«, brüllte der Anführer der Sangres. »Holt sie euch!«

Schlitternd und mit quietschenden Reifen kam der Pick-up zum Stehen, und geifernd vor Blutdurst sprangen die Sangres von der Ladefläche, setzten ihren flüchtenden Erzfeinden hinterher.

»Bringt sie zu mir!«, schrie Ricardo ihnen hinterher. »Ich will sie lebend!«

Es dauerte keine fünf Minuten, bis sein Befehl ausgeführt war. Die Hoods, völlig überrumpelt und noch unter dem Schock der Ereignisse, leisteten kaum Gegenwehr.

In Windeseile hatten die Sangres sie eingeholt und gefasst, entwaffneten sie und trieben sie wie Vieh auf der Straße zusammen, vor die Augen ihres Anführers, der wie ein König auf dem Führerhaus des Pick-up thronte. Im ganzen waren es sechs Hoods. Einer von ihnen war Thrax …

»Saludos, Bruder!«, grüßte Ricardo grinsend. »So sieht man sich wieder!«

»Ich glaub das einfach nicht!« Der hünenhafte Schwarze schüttelte den Kopf, spuckte vor Ricardo aus. »Ich hab gedacht, nicht mal du wärst so ein Schwein! Nicht mal du kriegst es fertig, uns zu überfallen, wenn wir am schwächsten sind, hab ich gedacht!«

»Sieht so aus, als hättest du dich in mir geirrt«, konterte der Anführer der Sangres grinsend, während er das Gefühl von Macht genoss, das jede Faser seines Körpers durchströmte.

»Das ist gegen die Regeln. Das weißt du.«

»Regeln«, wiederholte Ricardo spöttisch. »Wer braucht Regeln in einer Stadt, die in Trümmern liegt? Die alten Regeln gelten nicht mehr, Thrax. Wir brauchen neue. Und die werden alleine wir aufstellen, die Sangres. Denn euch wird es nicht mehr lange geben!«

»Komm schon«, sagte das Oberhaupt der Hoods. »Das kannst du nicht tun! Wir müssen Waffenstillstand schließen, bis wir unser Viertel wieder aufgebaut haben. Danach werden wir regeln, was es zwischen uns zu regeln gibt.«

»Soweit es mich betrifft, wurde es bereits geregelt, Thrax. Du scheinst nicht ganz zu begreifen, was hier läuft. Du und deine Leute, ihr befindet euch in unserer Gewalt. Ihr seid den Sangres ausgeliefert.«

»Ihr habt uns überfallen, als wir wehrlos waren und nicht damit gerechnet haben«, erwiderte Thrax knurrend. »Ich hätte wirklich nicht gedacht, dass du so ein Schwein bist.«

»Falsch gedacht«, entgegnete Ricardo. Die Provokationen seines Rivalen rührten ihn nicht mehr, jetzt, da er über ihn verfügen konnte. »Aber ich will kein Unmensch sein, Thrax. Du und deine Leute, ihr bekommt eine faire Chance.«

»Welche?«

»Ganz einfach.« Die Züge des Bandenführers umspielte ein sadistisches Grinsen. »Ich will, dass ihr eure Shirts auszieht und die Hosen runterlasst. Und dann will ich, dass ihr auf das Hood-Zeichen pinkelt. Ist nicht zu viel verlangt, oder?«

»Das ist nicht dein Ernst«, sagte Thrax.

»Mein voller Ernst«, versicherte Ricardo, während er seinen Leuten Zeichen gab, die Waffen in Anschlag zu nehmen. »Tut es, oder wir legen euch alle um!«

Die Hoods und ihr Anführer schauten sich gegenseitig an.

Einige der Jüngeren hatten Todesangst, das sah man ihnen an. Sie hätten alles getan, um mit dem Leben davonzukommen. Die Miene ihres Anführers jedoch blieb starr und unbewegt.

Schon begann einer von ihnen, am Gürtel seiner alten Militärhosen herumzunesteln.

Ein barscher Befehl seines Anführers jedoch hielt ihn zurück.

»Nein!«, sagte Thrax entschieden. »Das werden wir nicht tun. Du kannst uns töten, Ricardo, aber du kannst uns nicht unsere Ehre nehmen. Weder du noch die weißen Säcke. Zum Teufel mit dir und deiner Brut!«

»Schade«, sagte Ricardo ohne Bedauern. »Aber ich habe geahnt, dass du so etwas sagen würdest. Dabei hatte ich mich schon so darauf gefreut ...«

»Vergiss es!«, sagte Thrax mit fester Stimme, während sich die Hosen des jungen Kerls, der neben ihm stand, dunkel färbten.

»Wie du willst«, sagte Ricardo und gab seinen Schützen Befehl zum Anlegen.

Keine Gnade, hatte El Presidente gesagt. Und genauso würde es geschehen …

Will und Lisa fuhren eine breite Straße hinab, die einigermaßen passierbar war – als sie plötzlich ein durchdringendes Knattern hörten, das wie MPi-Feuer klang und ganz aus der Nähe kam.

Im nächsten Moment erreichten sie eine Kreuzung, blickten in die Straße zu ihrer Linken. Und sahen ein Bild des Grauens. Ein bulliger Pick-up stand auf der Straße, der zu einer Art Panzerwagen umgebaut worden war. Davor hatte sich eine Horde Bewaffneter versammelt, Maschinenpistolen in den Fäusten. Nur ein paar Meter von ihnen entfernt lagen mehrere blutüberströmte Körper.

Der Kleidung nach zu urteilen, gehörten die Bewaffneten zu den Sangres, der gefürchtetsten Hispano-Gang der Gegend. Die in ihrem Blut am Boden lagen, waren Hoods gewesen, ihre Erzfeinde.

»Scheiße!«, stieß Will hervor, wollte die Harley herumreißen und wenden. Doch es war schon zu spät, die Sangres hatten sie ausgemacht. Und um das Unglück komplett zu machen, tauchte plötzlich hinter Will ein zweiter gepanzerter Pick-up auf, auf dessen Ladefläche blutjunge, jedoch bis an die Zähne bewaffnete Kerle hockten.

Lisa gab einen spitzen Schrei von sich, und Will wusste, dass sie keine Chance hatten. Wäre er allein gewesen, hätte er vielleicht versucht, den Sangres irgendwie zu entkommen. So aber trug er für Lisa Mitverantwortung, und er wollte nicht riskieren, dass sich die junge Frau eine Kugel einfing.

Also nahm er die Hand vom Gashebel, hob beide Hände über den Kopf, um zu demonstrieren, dass er sich ergeben wollte. Sofort eilten die Gangmitglieder heran, ihre MPis und Revolver schussbereit im Anschlag.

»O mein Gott«, hörte Will Lisa hinter sich flüstern, während sie sich angstvoll an ihn klammerte. »Was werden die mit uns machen?«

»Ich weiß es nicht«, raunte Will ihr zu. »Was auch geschieht, bleib in meiner Nähe. Ich pass auf dich auf …«

Im nächsten Moment waren die bis an die Zähne bewaffneten Jugendlichen bei ihnen und zerrten sie vom Motorrad. In Windeseile durchsuchten sie die beiden nach Waffen und stießen auf Wills SIG. Seinen Dienstausweis hatte er vorsorglich im FBI-Quartier gelassen.

Ohne ein Wort mit ihnen zu sprechen, führten die Gangmitglieder sie ab und brachten ihn vor den Kerl, der auf dem Führerhaus des großen Pick-up thronte und sich dort oben wie ein König zu fühlen schien. Offenbar war er der Anführer der Bande.

Das Oberhaupt der Sangres, ein hagerer Mann, der ungefähr in Wills Alter sein mochte und wie seine Anhänger hispanischer Abstammung war, blickte amüsierte auf den G-man und seine Begleiterin hinab. Will konnte die Mordlust in den Augen des Bandenführers sehen, den leichten Glanz von Wahnsinn. Wer unmittelbar nach einer solchen Katastrophe nichts Besseres zu tun hatte, als einen Bandenkrieg auszutragen, *musste* ganz einfach wahnsinnig sein.

»Was haben wir denn da?«, fragte der Kerl triumphierend. »Eine ziemlich seltsame Mischung. Ein Weißer und eine Niggerin.«

»Nenn sie nicht so«, forderte Will.

»Ach nein?« Der Anführer schnitt eine Grimasse. »Du gehörst doch nicht etwa zu den Schwachköpfen, die ein friedliches Miteinander aller Rassen predigen? Wer jemals in den Gettos gelebt hat, weiß, dass das völlig unmöglich ist. Aber du bist wohl nicht aus der Gegend.«

»Nein«, gestand Will offen.

»Dachte ich mir. Sonst wüsstest du, dass wir hier unsere ganz eigene Methode gefunden haben, um mit den schwarzen Versagern umzugehen.« Er machte eine beiläufige Handbewegung, deutete auf die sieben leblosen Körper, die in der Straße lagen. »So sollten wir auch mit deiner kleinen Freundin verfahren.«

Will merkte, wie Lisa neben ihm zusammenzuckte. Ein panisches Wimmern entrang sich der Kehle der jungen Frau, die schon so viel hatte durchmachen müssen.

»Nur über meine Leiche«, erklärte Will entschieden. »Sie steht unter meinem Schutz.«

»Unter deinem Schutz, soso«, spottete der andere. »Für wen hältst du dich, Weißbrot? Für etwas Besseres?«

Der Anführer der Sangres sprang vom Führerhaus des Truck, trat durch die Reihen seiner Anhänger auf Will und Lisa zu. Dann schnappte er sich spontan die Waffe eines seiner Gefolgsmänner und lud sie durch, presste die Mündung gegen Wills Stirn.

»Wie gefällt dir das?«, fragte er mit sadistischem Grinsen. »Du kannst mir glauben, *hombre,* dass es mir nicht die geringsten Gewissensbisse bereiten würde, dich hier und jetzt ins Jenseits zu schicken.«

»Mach, was du willst«, knurrte Will. Der junge G-man hatte mit Panik zu kämpfen, die in ihm hoch steigen wollte, als er den kalten Lauf der Waffe auf seiner Stirn spürte. Nach außen jedoch ließ er sich nichts davon anmerken. »Vor deinen Leuten wird es sicher eine Menge Eindruck machen, wenn du einen wehrlosen Mann einfach so über den Haufen schießt. Coole Leistung, wirklich.«

Der Bandenführer blickte ihn prüfend an, sah ihm tief in die Augen, um festzustellen, ob da nicht doch ein Hauch von Angst zu erkennen war. Einen grausamen Tod vor Augen, hielt Will seinen Blicken stand, während Lisa neben ihm von Weinkrämpfen geschüttelt wurde.

»Bitte nicht«, hauchte sie immer wieder. »Bitte nicht ...«

»Die Niggerin fleht um dein Leben«, stellte Ricardo fest. »Mach es ihr nach, und ich werde mir überlegen, ob ich dich leben lasse.«

»Leck mich!«, knurrte Will. Und spürte, wie sich der Druck auf seiner Stirn verstärkte. Der Gangführer schürzte die Lippen, sein Finger regte sich um den Abzug der Waffe.

Doch plötzlich schien er sich anders zu besinnen.

»Du bist ein besonders mutiger Pisser, was?« Plötzlich huschte ein Grinsen über seine Züge. »Vielleicht hast du Recht. Vielleicht sollte ich dich wirklich nicht auf der Stelle erschießen. Meine Jungs sollen noch ein bisschen Spaß mit dir haben. Und mit der Kleinen auch.«

Er trat zurück und ließ die Waffe sinken.

»Bringt sie ins Lager! Über das Weißbrot werden wir vielleicht noch lachen können. Das Mädchen heben wir uns für später auf!«

Phil Decker war allein.

Allein mit der Dunkelheit. Und mit seinem Schmerz.

Das gebrochene Bein bereitete dem G-man entsetzliche Qualen, und je weiter sich Staub und Rauch lichteten und je mehr sie vom Ausmaß der Katastrophe enthüllten, desto einsamer und elender fühlte er sich.

Bereits zwei Mal war Phil kurz eingeschlafen. Oder hatte er das Bewusstsein verloren?

Es waren jeweils nur ein paar Minuten gewesen, aber der G-man wusste, dass er der Versuchung nicht nachgeben durfte. So sehr sein Bein ihn schmerzte und so müde und erschöpft er sein mochte, er musste um jeden Preis bei Bewusstsein bleiben, sonst war er verloren.

Es war die oberste Regel des Überlebens ...

Phil zitterte am ganzen Leib, fror erbärmlich. Er wusste nicht zu sagen, ob es die Kälte der Nacht war, die in seine Kleidung kroch und sich klamm auf seine Haut legte, oder ob ihn Wundfieber plagte. In beiden Fällen musste er wach bleiben, musste er der Ohnmacht um jeden Preis trotzen, bis Jerry zurückkam oder anderweitig Hilfe eintraf ...

Jerry.

Wo er wohl sein mochte?

Ob er Viscar schon gefunden hatte?

Phil konnte nur hoffen, dass sein Partner nicht Räubern oder Plünderern in die Hände gefallen war. Ein Menschenleben war in dieser Nacht wenig genug wert.

Wie schon zuvor hörte Phil in einiger Entfernung gedämpfte Schreie. Plünderer, die sich gegenseitig informierten, wo es noch etwas zu holen gab. Wie Aasfresser stürzten sie sich auf das, was die Katastrophe zurückgelassen hatte, verdammte Parasiten, die das Unglück ihrer Mitmenschen zum Anlass nahmen, um sich zu bereichern.

Von irgendwo waren gedämpft ein paar Schüsse zu

hören. Offenbar waren nicht alle Überlebenden gewillt, sich ohne Widerstand von ihrem Hab und Gut zu trennen.

Jerry hatte Recht gehabt.

Nach der Naturkatastrophe waren die menschlichen Geißeln über die Stadt hereingebrochen. Und es war schwer zu sagen, was von beidem schlimmer war. Ein blutiger Kampf ums Überleben hatte begonnen ...

Phil starrte auf das sich vor ihm ausbreitende Trümmerfeld.

Die SIG Sauer hielt er fest umklammert in seiner Rechten. Er war wild entschlossen, seine Haut so teuer wie möglich zu verkaufen, sollte er angeg...

Im nächsten Moment war es soweit. Die Erkenntnis traf Phil wie ein Schlag. Unmittelbar vor ihm schlug eine Kugel ein, sodass der G-man zusammenzuckte. Die Bewegung verursachte ihm einige Schmerzen.

»Shit!«, stieß er hervor. »Bleibt mir denn heute gar nichts erspart?«

Die Antwort erhielt er in Form einer scharf gezielten Garbe, die ihn nur um Haaresbreite verfehlte und sich mit dumpfem, metallischem Klang in das Dach des umgestürzten Vans nagelte, an den er lehnte.

Der G-man stieß eine Verwünschung aus. Und glaubte im selben Moment, draußen in den Ruinen eine dunkle Gestalt zu erkennen.

Blitzschnell riss Phil die SIG in Anschlag, biss die Zähne zusammen und feuerte.

Zwei Mal krachte die P226, der Rückstoß der Waffe ließ eine Welle von Schmerz durch den Körper des G-man fluten.

Die Kugeln peitschten hinaus auf die freie Fläche, verschwanden irgendwo in der Dunkelheit.

Dann wurde es still. Der Beschuss hatte ausgesetzt.

Phil hielt den Atem an, lauschte.

Sollten seine schlecht gezielten Kugeln tatsächlich ihr Ziel gefunden haben?

Der G-man war nicht Optimist genug, um daran zu glauben. Als sich jedoch fünf, zehn Minuten lang nichts regte, gönnte er sich ein erleichtertes Aufatmen.

Zu früh, wie sich herausstellte.

Denn im nächsten Moment hörte er in nicht allzu weiter Entfernung leise und schleppende Schritte, dazu gedämpftes Gemurmel. Beides wurde rasch lauter.

»Verdammter Mist«, hauchte Phil.

Der G-man spürte, wie ihm kalter Schweiß auf die Stirn trat. Nach allem, was er wusste, waren die Straßen von South Central L.A. schon am hellichten Tag vor dem Beben kein sehr sicheres Pflaster gewesen. Jetzt, in der Nacht, noch dazu nach dieser Katastrophe, herrschten Chaos und Anarchie. Wenn Mugger oder Plünderer ihn fanden, würden sie ihn ohne Federlesens umbringen. Ein Menschenleben war hier wenig genug wert ...

Phil fasste den Griff seiner Waffe fester, fühlte, wie sich sein Pulsschlag beschleunigte, während er hinaus ins von schemenhaften Wolkenschatten durchzogene Halbdunkel starrte.

Dort! Eine Bewegung ...!

Oder hatte er sich geirrt?

Stieg da tatsächlich jemand in den Trümmern umher, oder waren es nur seine überreizten Sinne, die Phil narrten?

Der G-man schüttelte den Kopf, zwinkerte mit den Augen, um sich besser konzentrieren zu können. Die Müdigkeit und der Schmerz setzten ihm zu, doch er durfte ihnen nicht nachgeben.

Da, plötzlich wieder eine Bewegung, ein dunkler

Schatten, der schnell vorüberhuschte. Dazu wieder das schlurfende Geräusch und eine leise Stimme.

Der Lauf von Phils Waffe zuckte hin und her, der G-man wusste beim besten Willen nicht, worauf er zielen sollte. Zu unüberschaubar war die Trümmerlandschaft, die sich vor ihm erstreckte, zu dicht der staubige Schleier, der über allem lag. Was hätte Phil jetzt darum gegeben, Jerry bei sich zu haben, einen Partner, der ihm den Rücken freihielt. Aber diesmal war er auf sich allein gestellt, musste er der Gefahr allein ins Auge sehen …

Wieder leise Schritte, viel näher diesmal!

Hatten die Plünderer sein Versteck ausgemacht? Hatte das Mündungsfeuer der SIG ihn verraten? Waren sie dabei, ihn einzukreisen, um ihn kaltblütig zu massakrieren?

Phil wusste nur zu gut, dass er keine Chance hatte, wenn ihn die Räuber erst gefunden hatten. Er musste verschwinden, musste versuchen, sich aus dem Staub zu machen, ehe sie ihn fanden …

Ein gehetzter Blick über die Schulter. Phil sah die offen stehende Heckklappe des umgestürzten Van. Wenn es ihm gelang, sich dort hinein zu schleppen, hatte er vielleicht eine Chance …

Kurz entschlossen steckte der G-man die Dienstpistole weg und biss die Zähne zusammen. Indem er sich mit beiden Händen in Trümmern und Schutt verkrallte und sich mit dem gesunden Bein voran schob, hoffte er, die wenigen Meter zum Versteck zurücklegen zu können.

Er wurde bitter enttäuscht.

Der Schmerz, der sein gebrochenes Bein durchfuhr, sobald er auch nur den Versuch unternahm, sich zu bewegen, war so heftig, dass Phil Sterne vor Augen sah. Gequält stöhnte er auf, der Schmerz raubte ihm den Atem. Gleichzeitig hörte er wieder Schritte, diesmal viel näher. Sein unheimlicher Verfolger war schon fast bei ihm.

»Shit!«, stieß Phil hervor und nahm noch einmal alle seine Kräfte zusammen, versuchte, den lähmenden Schmerz zu ignorieren.

Mit Gewalt rückte er ein Stück über den Boden, legte einige Zentimeter zurück. Und hatte dabei das Gefühl, als wolle sein verletztes Bein zerbersten. Ohne dass er etwas dagegen unternehmen konnte, entrang sich ein dumpfer Schrei seiner Kehle. Und er wusste, dass er sich damit verraten hatte.

Reglos verharrte der G-man, tastete zitternd nach der SIG in seinem Holster. Nur um festzustellen, dass sie nicht mehr da war! In der Eile musste er sie daneben gesteckt haben …

Suchend und hektisch tastete Phil in der Dunkelheit umher, während ihn erneut Fieberkrämpfe schüttelten. Die Aufregung, der Schmerz, die Angst – all das war zu viel!

Panik ergriff ihn, als er die verdammte Waffe nicht finden konnte. Die Schritte wurden lauter, kamen immer näher. Und plötzlich gewahrte Phil über sich eine dunkle Gestalt, deren Silhouette sich gegen das fahle Mondlicht abzeichnete.

»Hallo«, sagte eine brüchige Stimme. »Habe ich Sie endlich gefunden …«

Mike Drexler und ich wandelten durch eine zerstörte, völlig aus den Fugen geratene Welt. Noch zwei Mal hatten leichte Nachbeben die Erde erschüttert, doch Mike hatte mir versichert, dass die eigentliche Katastrophe vorüber war.

Sie war verheerend genug gewesen.

Ringsum Trümmer und schwelende Feuer, deren Rauchsäulen in den Nachthimmel stiegen. Immer häufiger waren Schüsse zu hören, auch heiseres Geschrei. Plünderer, die in den Straßen ihr Unwesen trieben.

Ich warf Mike, der neben mir ging, einen Seitenblick zu.

Ich konnte nur erahnen, was in ihm vorging, während wir durch dieses schreckliche Szenario wandelten, das einem Albtraum entsprungen zu sein schien.

Der junge Wissenschaftler vom städtischen Institut für seismologische Forschungen hatte mir erzählt, was sich den Tag über zugetragen hatte, und nach allem, was ich sagen konnte, traf ihn nicht die geringste Schuld daran, dass die Menschen der Südstadt vor dem Beben nicht gewarnt worden waren. An seinen versteinerten, aschfahlen Zügen konnte ich jedoch sehen, dass Mike sich dennoch eine Mitschuld am Ausmaß der furchtbaren Katastrophe gab.

Vor uns an der Kreuzung erblickte ich die Wracks von zwei Omnibussen. Sie standen vor einer halb eingebrochenen Mauer und bildeten mit ihr ein Dreieck. Darin hatten sich einige Überlebende wie in einem Fort verschanzt, und als wir uns weiter näherten, blickten wir plötzlich in die Läufe mehrerer Schusswaffen.

»Halt! Stehen bleiben!«, scholl es uns entgegen. »Keinen Schritt weiter! Plünderer werden sofort erschossen!«

»Wir sind keine Plünderer!«, versicherte ich. Mit einer Handbewegung bedeutete ich Mike, zurückzubleiben, während ich weiter vortrat.

»Ich bin FBI-Beamter«, erklärte ich. »Und ich suche nach einem Mann!«

»Sie sind *was?*«, fragte die Stimme, deren Besitzer ich in der Dunkelheit nicht sehen konnte.

»Mein Name ist Jerry Cotton. Ich bin Special Agent des FBI und auf der Suche nach einem entflohenen Schwerverbrecher. Vielleicht haben Sie ihn gesehen!« Ich beschrieb Diego Viscar mit knappen Worten.

Einen Augenblick lang war aus der Wrackburg nichts zu hören. Im nächsten Moment erklang schallendes Gelächter aus einem guten Dutzend Kehlen.

Es lag weder Hohn noch Spott darin. Nur Bitterkeit. Und namenlose Verzweiflung. Es war das Gelächter von Menschen, die nichts mehr zu verlieren hatten.

»FBI!«, hörte ich den Wortführer prusten. »Das ist ein Witz! Ein verdammter Witz! Hier steht kein Stein mehr auf dem anderen, es gibt Hunderte von Toten zu beklagen, Plünderer ziehen durch die Straßen, und der FBI sucht nach *einem einzelnen* Verbrecher?«

»So ist es!«, bestätigte ich. Ich konnte es den Leuten nicht verdenken, dass sie verbittert waren. Sie hatten alles verloren und mussten um ihr Leben fürchten, fühlten sich von der Polizei und den öffentlichen Behörden im Stich gelassen.

Dennoch, Diego Viscar stellte eine größere Bedrohung dar, als sie erahnen konnten. Er musste um jeden Preis gefasst werden.

»Wissen Sie was, G-man?«, fragte der Unsichtbare.

»Was?«

»Scheren Sie sich zum Teufel! Und ihren jungen Freund nehmen Sie am Besten gleich mit! Wir brauchen euch verdammte Scheißbullen nicht, wir können gut auf uns selbst aufpassen. Und jetzt verschwindet, ehe wir euch Beine machen!«

Ich konnte hören, wie mehrere Waffen geräuschvoll durchgeladen wurden, und wusste instinktiv, dass es besser war, nicht zu widersprechen. Die Verzweiflung und die Bitterkeit dieser Menschen machte sie zu allem fähig.

Ich hob beschwichtigend die Hände, zog mich langsam zurück. Von den Überlebenden hatten wir, was Viscar betraf, keine Hilfe zu erwarten. In dieser Nacht war sich offenbar jeder selbst der Nächste, hatte damit zu tun, am Leben zu bleiben und über die Runden zu kommen.

Anarchie herrschte in den Straßen, die Leute nahmen das Gesetz selbst in die Hand. Und ich konnte es ihnen noch nicht einmal verdenken. Wo, zum Henker, blieben die Polizei und die Nationalgarde? Ich war sicher, dass der Gouverneur sie inzwischen angefordert hatte, aber wie lange würde es noch dauern, bis sie endlich eintraf?

Die Millionenmetropole an der Westküste drohte in Chaos und Gesetzlosigkeit unterzugehen. Und es gab nichts, was ich dagegen unternehmen konnte. Und zu allem Überfluss war auch noch Diego Viscar auf freiem Fuß, der Kopf eines der führenden Verbrechersyndikate des Landes, der das Chaos nutzen würde, um sich abzusetzen und immer wieder neues Unheil zu stiften.

Was Viscar betraf, hatte ich ein mieses Gefühl. Als wäre der Ganove gerade in diesem Moment dabei, eine neue Teufelei auszukochen …

An Hand- und Fußgelenken gefesselt hockten Will und Lisa auf der Ladefläche des Pick-up. Bandenmitglieder der Sangres bewachten sie mit schussbereiten Waffen. Die Harley Davidson hatte sich Ricardo, der Anführer der Gang, geschnappt. Johlend vor Vergnügen zog er auf der schweren Maschine seine Bahnen, vollführte dabei allerhand waghalsige Kunststückchen, die seine Leute mit begeisterten Applaus quittierten.

Nur ein Kratzer, dachte Will bei sich. Nur ein verdammter Kratzer im Chrom, und ich bring dich eigenhändig um, du elender Bastard!

Durch ein Labyrinth aus verwüsteten Gassen und Straßenzügen brachten die Sangres Lisa und Will in ihr Quartier, ein zur Hälfte eingestürztes Gebäude, das noch vor zwölf Stunden ein Supermarkt gewesen war. Jetzt war die Fassade eingebrochen und das Dach nur mehr zur Hälfte intakt, und überall auf dem großen Parkplatz schwelten Feuer in Ölfässern, über denen Fleisch gegrillt und Konservendosen erhitzt wurden. Die Ausbeute aus dem Supermarkt …

Unzählige Sangres hatten sich auf dem Platz versammelt. Will stockte der Atem, als er sah, wie viele es waren. Einige abgewrackte Lkw, die den Gangmitgliedern als Fortbewegungsmittel dienten, standen umher. Einige waren gerade erst von Raubzügen aus anderen Vierteln zurückgekehrt. Als die Bandenmitglieder – es mochten an die dreihundert sein – ihr Oberhaupt auf der Harley Davidson heranflitzen sahen, brachen sie in begeistertes Gebrüll aus, feuerten mit ihren Revolvern, abgesägten Schrotflinten und Maschinenpistolen in die Luft und führten wilde Tänze auf. Von irgendwo drangen aus einem Soundblaster heiße Salsa-Rhythmen.

Willkommen zur Party des Todes, dachte Will bitter. Alles in ihm verkrampfte sich.

Der Pick-up, auf dem er und Lisa hockten, fuhr mitten auf den Platz, wurde von den johlenden Sangres umringt. Will blickte in die Gesichter junger Männer und Frauen, in denen bodenloser Hass zu erkennen war. Zudem schienen die meisten der Bandenmitglieder unter Drogeneinfluss zu stehen. Schaudernd fragte sich Will, ob es richtig gewesen war, sich zu ergeben, oder ob er nicht lieber hätte fliehen sollen, auch auf die Gefahr hin, dass er oder Lisa dabei verletzt worden wären.

Mit quietschenden Reifen brachte Ricardo die Harley zum Stehen und stieg ab, bedeutete seinen Leuten, die Gefangenen abzuladen. Unsanft wurden Will und die junge Schwarze von der Ladefläche gestoßen. Der G-man schaffte es, sich abzurollen, und stand sofort wieder auf den Beinen. Lisa strauchelte und fiel hin, schlug sich die Knie blutig.

Die junge Frau gab ein Stöhnen von sich. Will konnte die Panik in ihren Augen erkennen.

»Ganz ruhig«, raunte er ihr zu, obwohl ihm klar war, wie wenig überzeugend er wirken musste, »es wird alles gut ...«

Er hatte den Satz noch nicht zu Ende gesprochen, als Lisa und er grob gepackt und davongeschleppt wurden. Man brachte sie vor Ricardo, um den seine Anhänger einen respektvollen Kreis gebildet hatten. Will spürte blanke Wut, als er das selbstgefällige Grinsen in den Zügen des Gangführers sah, er hätte sich am liebsten mit bloßen Händen auf ihn gestürzt. Doch seine Bewacher hielten ihn unnachgiebig fest.

Ricardo grinste weiter, hob die Hände, um seine johlende Anhängerschaft zur Ruhe zu bringen. Tatsächlich legte sich das Geschrei, und der Gangführer erhob die Stimme.

»Diese Nacht«, brüllte er, »wird uns lange in Erinnerung bleiben! Es ist die Nacht, in der wir die Hoods vernichtet haben!«

Die Sangres verfielen in lautstarkes Triumphgeschrei, skandierten heiser: »Ri-car-do! – Ri-car-do! – Ri-car-do!«

»Das muss gefeiert werden!«, fuhr dieser laut fort.

»Deshalb habe ich euch diesen Weißen hier als Geschenk mitgebracht. Ich bin sicher, ihr werdet mit ihm euren Spaß haben. Seiner Freundin hingegen«, Ricardo grinste breit, »werde ich persönlich zeigen, wie hier bei uns mit ihresgleichen umgegangen wird!«

Seine Anhänger lachten, während Lisa eingeschüchtert wimmerte. Das wilde Gebrüll der Sangres und die vor Blutdurst flammenden Augen, die sie von allen Seiten anstarrten, machten der jungen Frau schreckliche Angst. Ricardo gab seinen Leuten Zeichen, sie von Wills Seite zu reißen und zu ihm zu bringen.

»Lass Sie in Frieden!«, schrie Will über das Gegröle der Bandenmitglieder hinweg. »Wenn du ihr auch nur ein Haar krümmst ...«

»Was dann, weißer Mann?«, fragte Ricardo provozierend und trat auf ihn zu. Kaum hatte ihr Anführer seine Stimme erhoben, verstummten die Sangres wieder. »Willst du mir etwa drohen?«

»Sag deinen Leuten, sie sollen mich loslassen, und ich werde es dir zeigen«, knurrte Will.

»Dein Maul ist etwas zu groß für meinen Geschmack. Wir sollten es dir stopfen. Du benimmst dich noch immer, als würde dir die Stadt gehören, weißer Mann. Dabei gehört sie jetzt endgültig uns, den Sangres. Jetzt herrschen wir, und wir tun, was uns gefällt! Niemand kann uns mehr daran hindern!«

Um seine Worte zu beweisen, streckte Ricardo seine Hand nach Lisa aus, riss ihr unter dem begeisterten Geschrei seiner Anhänger das Kleid vom Leib. Die junge Frau schrie, stand nur noch im knappen Tangaslip vor Hunderten gierig blickender Augen.

»Du Schwein!«, entfuhr es Will, und in einem plötzlichen Ausbruch von Wut und Kraft gelang es ihm, sich von seinen Bewachern loszureißen. Seine gefesselten Hände zu Fäusten geballt, wollte er sich auf Ricardo stürzen. Doch die Schergen des Gangführers holten ihn ein, noch ehe er ihr Oberhaupt erreichte.

Will fühlte, wie er von groben Pranken gepackt und zu Boden geschleudert wurde. Er stieß sich hart den Kopf, bekam für einen Augenblick keine Luft.

»Will! Wiiiill ...!«, hörte er Lisa entsetzt schreien, und sofort raffte er sich wieder auf, wurde aber von den Bandenmitgliedern gepackt und festgehalten.

Ricardo lachte. »Du wirst meinen Leuten und mir jetzt ein bisschen Unterhaltung verschaffen!«

»Du kannst mich mal!«, knurrte Will.

»Du solltest dir gut überlegen, ob du den Spielverderber abgeben willst. Denn wenn du dich weigerst, werden wir dich und deine kleine Freundin auf der Stelle umbringen. So lassen wir euch vielleicht noch ein bisschen leben.«

Will keuchte, sein Brustkorb hob und senkte sich heftig, und er bebte vor Zorn.

Aber er musste Ricardos Spiel mitmachen, musste sich an die Regeln halten, die dieser ihm vorgab. Das Ziel war, Lisa zu beschützen und so lange wie möglich am Leben zu bleiben ...

»Was willst du von mir?«, fragte Will.

»Du wirst kämpfen«, eröffnete Ricardo ihm begeistert. »Gegen meinen besten Mann. Und wir alle werden zusehen.«

Ein Kampf, dachte Will. Von mir aus. Werde ich wenigstens dazu kommen, einem dieser großmäuligen Meuchelmörder ordentlich die Fresse zu polieren ...

»Einverstanden«, sagte er nur.

Und schon teilten sich die Reihen der Sangres, und ein Latino von geradezu hünenhafter Postur trat hervor. Die stahlharten Muskeln des Kerls glänzten im

Licht der flackernden Beleuchtung, sein Haar war schulterlang, umrahmte seine kantigen Züge in einer wilden Mähne. Ricardos Leute grölten vor Begeisterung.

Noch mehr jedoch als der Anblick seines riesenhaften Gegners entsetzte Will die Waffen, die der Hüne in seinen Händen hielt. Zwei hölzerne Baseballschläger, in denen lange Eisennägel steckten. Tödliche Waffen, kein fairer Faustkampf …

»Nein!«, erklärte Will und schüttelte entschieden den Kopf. »So was mache ich nicht!«

»Was ist, Gringo?«, fragte Ricardo grinsend. »Hast du die Hosen voll?«

Die Sangres lachten.

»Ich glaube nicht, dass du in der Lage bist, hier die Bedingungen zu diktieren«, fuhr der Gangführer fort, während er seine Hände über Lisas nackte Haut gleiten ließ. Die junge Frau schrie auf vor Angst und Scham. »Denk an deine kleine Freundin!«

Will spürte heißes Adrenalin durch seine Adern wallen. »Also gut!«, rief er aus, »du kriegst deinen verdammten Kampf!«

Hatte er eine andere Wahl?

»Nein, Will! Nein!«, rief Lisa.

Einer der Sangres zückte sein Messer, trat auf Will zu, zerschnitt ihm die Fesseln, und Will legte seine Lederjacke ab. Sie würde ihm nur hinderlich sein, wenn er sich schnell bewegen musste.

Sein hünenhafter Gegner warf ihm grinsend die Keule vor die Füße, und Will bückte sich, hob das mörderische Werkzeug auf und wog es in seinen Händen. Er hatte keine andere Wahl, musste es tun, so sehr alles in ihm sich dagegen sträubte.

Die ganze Szenerie hatte etwas Archaisches, Mittelalterliches, das Will nicht gefallen mochte. Aber als ihm sein hünenhafter Gegner entgegentrat und die Keule in seinen Händen kreisen ließ, wusste der junge G-man, dass es kein Zurück mehr gab.

Mit einem heiseren Schrei stürzte der Hüne urplötzlich auf ihn zu, schwang seine Keule durch die Luft. Ohne dass ein Signal gegeben worden war, hatte der Kampf begonnen.

Will war nicht auf den Angriff vorbereitet, konnte nichts tun, als sich instinktiv zur Seite zu werfen, als er die mörderische Waffe heranfliegen sah.

Hart landete er auf dem von Rissen durchzogenen Asphalt und rollte sich ab, war unmittelbar danach wieder auf den Beinen. Und parierte den nächsten vernichtenden Schlag, den sein Gegner ihm beibringen wollte.

Krachend prallten die beiden Mordinstrumente aufeinander, und einen Augenblick lang standen sich die beiden Rivalen Auge in Auge gegenüber. Will sah den wahnsinnigen Glanz in den Pupillen seines Gegners, die pure, ungezügelte Mordlust.

Endlich trennten sie sich wieder, stießen sich gegenseitig weg. Und umkreisten einander lauernd wie Raubtiere. Die Sangres, die den Kampfplatz umstanden, johlten und schrien, feuerten ihren Kämpfer an. Aus dem Augenwinkel heraus sah Will, wie Geldscheine und kleine Gegenstände ausgetauscht wurden, Crackpfeifen und Dope.

Diese Scheißkerle schließen Wetten auf mich ab!, dämmerte es ihm. Die warten nur darauf, dass dieser Riese mich fertig macht …

Der Hüne warf sich mit einem unwilligen Grunzen nach vorn. Die Keule schwang er dabei wie einen Golfschläger.

Will machte einen Satz zurück, um der vernichtenden Wucht des Hiebes auszuweichen. Das mörderische Gerät zischte an ihm vorbei und verfehlte ihn um Haaresbreite.

Doch sofort wirbelte sein Gegner erneut herum und ließ die Keule wie den Hammer eines zornigen Gottes niederfahren.

Will wich noch einmal zurück, trat dabei in eine schmale Erdspalte. Und stürzte rücklings zu Boden.

Mit schreckgeweiteten Augen sah er den Hünen über sich, der grunzend heransprang, um auszuholen und seinem unterlegenen Gegner mit einem furchtbaren Schlag den Schädel zu zerschmettern.

Noch nicht, dachte Will. Und warf sich blitzschnell zur Seite. Dort, wo sich noch einen Sekundenbruchteil zuvor sein Kopf befunden hatte, ging der Baseballschläger des Riesen mit schrecklicher Wucht nieder.

Hastig rappelte sich Will auf die Beine, hob seine eigene Keule, und wieder umkreisten sich die beiden Gegner, warteten darauf, dass sich einer von beiden eine Blöße gab.

»Du wirst sterben«, versicherte der langhaarige Kämpfer zuversichtlich.

»Und du bist ein Riesenarschloch«, konterte Will atemlos.

»Haaaargh!« Mit einem heiseren Kampfschrei setzte der Hüne erneut heran, schwang seine Keule wie ein Berserker. Will hatte keine Chance zur Gegenwehr, ihm blieb nichts übrig, als vor den wütenden Hieben zurückzuweichen, die ihn jeweils nur um Zentimeter verfehlten.

Mit wütender, nicht versiegen wollender Energie schwang der Hüne sein Mordgerät, stampfte wie eine seelenlose Kampfmaschine auf Will zu, mit dem erklärten Ziel, ihn zu zerschmettern.

Immer weiter wich der junge G-man zurück, wurde in die Enge getrieben. Die Sangres pfiffen ihn aus und beschimpften ihn, und erneut wechselten einige Wetteinsätze die Besitzer.

Wieder setzte der Riese zum Angriff an und schwang die Keule. Will wich zurück, geradewegs in die Reihen der Zuschauer, die sich teilten und ihm den Weg freigaben. Bis er gegen eine Ansammlung von Mülltonnen stieß.

Es schepperte und krachte, als Will mitten in die metallenen Zylinder stürzte, sich inmitten von Essenresten und übel riechendem Abfall wiederfand. Die Bandenmitglieder lachten, und Lisa schrie entsetzt, während der Hüne heranstürzte, seine Keule zum tödlichen Streich schwang.

Will versuchte, sich auf die Beine zu raffen, und konnte nicht, glitt inmitten von schleimigem Unrat aus.

Gehetzt blickte er auf, sah seinen mordlustigen Gegner heranstürmen. Und griff blitzschnell nach dem verbeulten Deckel einer Mülltonne, der neben ihm lag. Rasch riss er ihn hoch, setzte ihn wie einen mittelalterlichen Schild ein.

Keine Sekunde zu früh.

Mit schrecklicher Wucht prallte die Keule auf das Metall. Funken flogen, Will erlitt eine üble Stauchung in seiner Schulter, und die mörderischen Stacheln drangen durch den Schild.

Der G-man sprang auf. Den ›Schild‹ behielt er. Vielleicht konnte das gute Stück seine unterlegene Körperkraft ein wenig ausgleichen.

Mit schrecklichem Gebrüll stürmte der Riese erneut heran, schlug mit aller Kraft zu. Diesmal riss Will den ›Schild‹ hoch und wehrte den Hieb ab, kam dazu, seinerseits einen Angriff vorzutragen. Der Hüne schrie auf, als Wills Keule ihn an der Schulter traf und eine heftig blutende Wunde riss.

»Na?«, erkundigte sich der G-man grinsend, während sie einander erneut umkreisten. »Tut's weh?«

Sein Gegner begnügte sich damit, mit einem durchdringenden Schrei zu antworten. Dann warf er sich erneut nach vorn und ließ seine Keule fliegen. Wieder brachte Will seinen improvisierten Schild hoch und wehrte den Angriff ab. Und den nächsten und den übernächsten. Wie besessen drosch sein Gegner auf den Deckel der Mülltonne ein, ließ Will gar keine Zeit mehr zur Gegenwehr. Dafür begann sich das Metall des Schildes ganz langsam aufzulösen.

Unter den hammerharten Schlägen verformte es sich mehr und mehr.

Die Menge keifte, schrie vor Blutdurst, während sich Lisa, nur mit dem knappen Slip bekleidet, verzweifelt in Ricardos schmierigen Händen wand und panisch Wills Namen schrie.

Der junge G-man kam nicht dazu, auch nur einen klaren Gedanken zu fassen. Unaufhörlich prasselte das Bombardement der Hiebe auf ihn nieder, ließ ihm kaum Zeit, Luft zu holen. Dann ein letzter, vernichtender Hieb, und die Überreste des ›Schildes‹ flogen in hohem Bogen davon.

Der Riese grunzte und holte aus, ließ die Keule senkrecht auf Will niederfahren, um ihn in Grund und Boden zu rammen.

Der G-man sah das Mordinstrument wie in Zeitlupe heranfliegen, reagierte mit blitzschnellen Reflexen. Im Bruchteil eines Augenblicks riss er seine eigene Keule hoch, um den vernichtenden Schlag abzuwehren.

Es krachte entsetzlich, als die beiden Keulen aufeinander trafen. Funken stoben, als sich das Metall der Nägel ineinander verhakte.

Der Hüne gab einen verblüfften Laut von sich. Und noch ehe er sich von seiner Überraschung erholen konnte, ließ sich Will nach hinten fallen, riss seinen völlig überrumpelten Gegner mit sich. Und beförderte ihn unter Einsatz seiner Beine mit einem gekonnten Judo-Wurf über sich hinweg.

Der Riese schrie entsetzt, als er durch die Luft katapultiert wurde und sich überschlug. Es krachte dumpf, als er mit mächtigem Schlag auf dem Boden landete. Pfeifend wich die Luft aus seinen Lungen, die Keule entrang sich seinem Griff und fiel klappernd zu Boden.

Sofort war Will wieder auf den Beinen und kickte die Keule des Gegners weg, holte mit seiner eigenen Keule aus, um seinem am Boden liegenden Gegner den Rest zu geben.

Der Atem des G-man ging stoßweise und heftig, Adrenalin schoss flammend durch seine Adern, und einen Augenblick lang drängte alles in ihm dazu, zuzuschlagen und diesem unfairen Kampf endlich ein Ende zu bereiten – als er plötzlich die grölende, schreiende Menge rings um sich wieder wahrnahm.

Die Stimmung war umgeschlagen. Zu seinen Gunsten. Der Blutdurst in den Augen der Sangres loderte noch immer, aber jetzt wollten sie den Tod des Hünen, wollten sehen, wie er auf dem Kampfplatz sein Leben verlor. Wie im alten Rom zeigten sie mit dem Daumen nach unten, gaben Will zu verstehen, dass er seinen Gegner nicht am Leben lassen sollte. Die Menge wollte Blut sehen, egal, von wem es stammte.

Entsetzt blickte Will hinab, sah den Hünen zu seinen Füßen, der gequält zu ihm aufblickte. Und fällte eine Entscheidung.

»Neeeiiin!«, brüllte er aus Leibeskräften. Und warf die Keule von sich, wandte sich angewidert ab.

Er hatte getan, was notwendig gewesen war, hatte sein Leben verteidigt. Aber er würde sich nicht zum

Werkzeug dieser menschlichen Bestien machen lassen …

Tumult brach unter den Bandenmitgliedern aus, man stritt sich darüber, wer den Kampf nun gewonnen hatte und an wen die Wettgewinne auszuzahlen seien. Einige der Kerle liefen auf den Kampfplatz und beschimpften Will, spuckten ihn an und stießen ihn. Bei all dem Chaos, das ausbrach, war es unmöglich zu sagen, was als Nächstes geschehen wäre. Wäre nicht in diesem Moment eine scharfe, schneidende Stimme zu hören gewesen, die sich mit ihrer Autorität über alle anderen hinweg Gehör verschaffte.

»Was soll das? Was geht hier vor? Habt ihr den Verstand verloren?«

Die Sangres erstarrten und verstummten augenblicklich, und auch Will wandte sich um, um zu sehen, wer der rasenden Meute so ohne weiteres Einhalt gebieten konnte. Der junge G-man merkte, wie sich seine Nackenhaare sträubten, als er den hageren Mann in dem abgetragenen Anzug erkannte.

Es war Diego Viscar!

»Verdammt, was soll das? Seid ihr alle verrückt geworden?«

Das wilde Geschrei hatte Viscar, der in den Kellerräumen des zerstörten Supermarkts seine Basis eingerichtet hatte, an die Oberfläche gelockt. Als er das Chaos erblickte, das unter den Mitgliedern der Sangre-Bande herrschte, wallte wilder Zorn in ihm auf. Offenbar war auf dem Parkplatz irgendein primitives Spektakel im Gang, an dem sich seine Helfer ergötzten.

»Dieses nichtsnutzige, dämliche Pack«, schnaubte Viscar, während er kochend vor Wut zu Ricardo stampfte. »Haben die jetzt ihr letztes bisschen Verstand verloren? Was hat das zu bedeuten?«, blaffte er den Bandenführer an.

»Wir, äh … wir feiern, El Presidente«, erklärte der Anführer der Sangres eingeschüchtert. Vor seinen eigenen Leuten mochte Ricardo eine große Nummer sein. Vor dem Oberhaupt des Kolumbianer-Syndikats kuschte er.

»Feiern?« Viscar glaubte, nicht recht zu hören. »Was habt ihr zu feiern, du verdammter Hund? Warum bist du mit deinen Männern nicht da draußen und tust, was wir vereinbart haben?«

»Aber das haben wir, El Presidente«, beeilte sich Ricardo zu versichern. »Die Hoods sind zerschlagen! Ihr Anführer Thrax ist tot!«

»Und was ist mit den anderen Gangs? Den Panthers? Den Riffs? Den Sculls?«

»Meine Leute sind noch nicht alle zurück, wir werden …«

»Du wirst deinen Leuten befehlen, augenblicklich ihre Ärsche auf die Transporter zu schwingen und wieder rauszufahren!«, fiel Viscar dem Bandenführer barsch ins Wort. »Eine Gelegenheit wie heute Nacht kommt nie wieder, kapiert ihr das nicht? Heute werden die Toten nicht gezählt, aber schon morgen wird ein Mord wieder ein Mord sein!«

»Ja, El Presidente!«

»Deine Leute sollen hinausfahren und Angst und Schrecken verbreiten. Ich will, dass der ganze Bezirk vor ihnen zittert. So, mein Junge, und nicht anders macht man Geschäfte. Nur ein toter Rivale ist ein guter Rivale!«

»Ja, El Presidente!«

»Tut, was ich euch sage, dann wird es bei Morgengrauen die größte Feier geben, von der ihr je gehört habt. Verweigert noch einmal meine Befehle, und ich werde dafür sorgen, dass eure verdammten Ärsche einer nach dem anderen aufgerissen werden. Habe ich mich deutlich genug ausgedrückt?«

Ricardo schaute sein Idol an, starr vor Ehrfurcht und stiller Bewunderung.

»Si, El Presidente«, sagte er dann. »Es soll geschehen, wie du sagst. Die Sangres sind deine Diener ...«

»O mein Gott!«

Mike Drexlers jungenhafte Züge waren blass geworden, und auch ich muss gestehen, dass mich der Anblick, auf den wir unerwartet in einer der zerstörten Straßen gestoßen waren, über die Maßen entsetzte.

Es waren Tote, sechs an der Zahl, die meisten von ihnen waren noch halbe Kinder, Jugendliche, noch nicht einmal zwanzig Jahre alt. Alle sechs trugen das Symbol einer Jugendgang auf ihren blutüberströmten Sweat-Shirts. Und so, wie es aussah, waren sie regelrecht hingerichtet worden, kaltblütig aus nächster Nähe erschossen.

Mike wandte sich ab, während ich die Leichen näher in Augenschein nahm. Dass es sich bei den Mördern um Räuber gehandelt hatte, war unwahrscheinlich. Diese Jugendliche hatten kaum mehr besessen als das, was sie am Leibe getragen hatten.

Wahrscheinlicher war schon, dass es zu einer Konfrontation mit Mitgliedern einer anderen Gang gekommen war. Selbst nach einer Katastrophe wie dieser schienen die ›Gesetzte‹ der Slums nicht außer Kraft gesetzt zu sein ...

Entsetzen packte und schüttelte mich, während ich auf die schrecklich zugerichteten Leichen starrte. Und ein dumpfes Gefühl sagte mir, das wir in der richtigen Richtung suchten, dass dort, wo soviel Skrupellosigkeit herrschte, auch Diego Viscar nicht weit sein konnte. Weit und breit war keine Menschenseele mehr zu sehen. Irgendetwas stimmte hier nicht …

Es war tatsächlich nur ein Gefühl, rational nicht zu begründen, aber ich spürte, dass wir auf der richtigen Spur waren. Schon wollte ich weitergehen und meine Suche nach dem flüchtigen Verbrecher fortsetzen, als mich Mike an der Schulter packte und zurückhielt.

»Hey!«, rief er nur.

»Was ist?«

»Sie … wollen doch nicht etwa weitergehen?«, fragte mich der junge Wissenschaftler unsicher. »Ich meine, ich bin kein Spezialist für solche Dinge, aber das sieht mir ganz nach dem Werk einer Gang aus. Und denen möchte ich nicht in die Hände fallen.«

»Ich auch nicht«, versicherte ich.

»Sehr schön.« Mike grinste freudlos. »In diesem Fall scheint mir *das* der erfolgversprechendere Weg zu sein …« Er deutete in die meiner Marschroute entgegengesetzte Richtung.

Ich seufzte und holte tief Luft. Dann schüttelte ich langsam den Kopf. »Es tut mir Leid, Mike. Ich habe eine Mission zu erfüllen.«

»Welche?«, fragte der Seismologe. »Draufzugehen?«

»Nicht, wenn es sich vermeiden läßt. Aber Tatsache ist, dass es um Menschenleben geht. Eine Freundin von mir schwebt in Lebensgefahr, und ein mutmaßlicher Schwerverbrecher ist irgendwo da draußen auf freiem Fuß. Vielleicht hat er sogar etwas hiermit zu tun.« Ich deutete auf die sechs Leichen. »Wie auch immer, ich muss ihn schnappen.«

»Das lasse ich nicht zu.« Mike schüttelte entschieden den Kopf. »Ich habe geschwiegen, als es um das

Beben ging. Ich habe geschwiegen, obwohl ich die Katastrophe kommen sah. Aber diesmal werde ich nicht schweigen. Was Sie vorhaben, ist Wahnsinn, Jerry! Sie haben ja noch nicht einmal eine Waffe! Lassen Sie uns umkehren, solange noch Zeit dazu ist!«

»Sorry, Mike«, widersprach ich. »Es war meine Aufgabe, Diego Viscar den Behörden von Los Angeles zu übergeben, *mir* wurde die Verantwortung dafür übertragen. Aber ich habe versagt. Er ist jetzt auf freiem Fuß und irgendwo dort draußen!«

»Aber ... Sie konnten doch nichts dafür«, widersprach Mike. »Sie waren doch ohnmächtig.«

»Ich war *verantwortlich*«, erklärte ich. »Das genügt. Aber es hilft nichts, in Selbstvorwürfen zu versinken, ebensowenig wie es nützt, vor seinen Problemen davonzulaufen. Die einzig mögliche Antwort ist, Farbe zu bekennen und Verantwortung zu übernehmen für sein Handeln, unabhängig davon, ob es richtig war oder falsch. Verstehen Sie, was ich meine?«

»Ich ... ich denke schon«, gab Mike nachdenklich zurück.

»Okay.« Ich nickte. »Sie haben jetzt zwei Möglichkeiten, Mike. Entweder, Sie suchen sich irgendwo hier ein Versteck und warten, bis es hell wird. Mit etwas Glück werden Sie es schaffen. Oder Sie bleiben bei mir und begleiten mich. Es kann allerdings gefährlich werden.«

»Hm«, machte der junge Wissenschaftler nachdenklich, und ich glaubte zu wissen, was in diesem Augenblick in ihm vorging.

Wenn er sich jetzt entschied, zurückzubleiben und sich zu verstecken, rettete er vielleicht sein Leben. Aber er würde für den Rest seiner Tage vor sich selbst davonlaufen, würde die Gewissensbisse, die ihn plagten, nie mehr loswerden.

Wenn er mich weiter begleitete, begab er sich in Gefahr.

Aber es war auch seine Chance, sich vor sich selbst zu rehabilitieren, Verantwortung zu übernehmen und die Schuld abzutragen, die er empfand …

»Also gut«, entschied er schließlich mit fester Stimme. »Ich bleibe bei Ihnen, Jerry. Sie haben Recht. Ich darf mich nicht länger verstecken, und es wird Zeit, Farbe zu bekennen.«

Ich schenkte Mike ein Lächeln und klopfte ihm auf die Schultern. »Ich bin froh, nicht ganz allein zu sein, wissen Sie.«

»Geht mir auch so, Jerry.«

»Wir sind ein gutes Team, schätze ich.«

»Ich hoffe es.«

Wir setzten unseren Marsch durch die Ruinen fort. Gemeinsam …

»Wer – wer sind Sie?« Das war alles, was Phil hervorbringen konnte. Der Schmerz, der wie ein entfesselter Sturm durch seinen Körper tobte, war einfach zu stark.

Grelles Licht flammte auf. Der blendende Strahl einer Taschenlampe, der in Phils Augen schmerzte. Blinzelnd nahm Phil wahr, wie der Fremde, der unvermittelt aus der Dunkelheit aufgetaucht war, einen länglichen Gegenstand hob und ihn auf Phil richtete.

Ein Gewehr?

Der G-man war einigermaßen überrascht, als er feststellte, dass es sich um einen Stock aus Holz handelte. Die Gestalt angelte sich damit die Waffe, die neben Phil am Boden lag. Die SIG Sauer, die Phil in der Dunkelheit verloren hatte.

Wunderbar, dachte der G-man bei sich, jetzt hat der Kerl eine Waffe …

Die dunkle Gestalt hob die Pistole vom Boden auf und betrachtete sie im Schein der Lampe.

»Hat 'ne ordentliche Registriernummer«, stellte er fest. »Entweder Sie sind ein Bulle, oder Sie haben einen umgelegt.«

»Ich bin einer«, gestand Phil. »Special Agent Phil Decker, FBI New York, Dienstnummer …« Halb im Fieberwahn, leierte Phil seine ID-Nummer herunter.

»Chester Barnes«, stellte sich die dunkle Gestalt vor und richtete den Schein der Lampe auf sich selbst. Mit seinen sich eintrübenden Sinnen erkannte Phil einen alten Mann mit dunkler Hautfarbe, dessen von zahllosen Falten durchzogenes Gesicht aussah wie altes Leder. »Ich wohne in der Nähe. Mein Haus hat 'n Keller, deshalb habe ich noch 'n Dach über'm Kopf. Dacht mir, ich mach mich mal auf die Suche nach Verwundeten.«

»Sie – Sie schickt der Himmel«, murmelte Phil, während ihn unsagbare Erleichterung durchströmte. »Ich dachte schon …«

»Ich weiß«, knurrte Chester. »Plünderer. Ich hab sie gesehen, diese Ratten. Treiben in der Gegend ihr Unwesen. Aber jemand hat geschossen und sie vertrieben.«

»Das – das war ich«, verriet Phil.

»So? Na, dann hast du es zwei Mal verdient, dass ich dich von hier weghole.«

»Wird … nicht … gehen … Bein gebrochen.«

»Schon gesehen«, sagte der alte Farbige. »Das lass mal meine Sorge sein, mein Junge. Ich hab 'n Leiterwagen, auf den werde ich dich packen. Keine Sorge, ich war in Korea und …«

Den Rest von dem, was Chester Barnes sagte,

bekam Phil schon nicht mehr mit. Der G-man war unsagbar erleichtert, konnte sein Glück kaum fassen. Er würde nicht erschossen werden, würde nicht hier sterben, würde nicht … nicht …

Rings um ihn wurde es dunkel. Und im nächsten Moment hatte er das Bewusstsein verloren.

»Was ist, Viscar? Laufen die Dinge nicht ganz so, wie Sie es sich vorgestellt haben?«

Gleich als Diego Viscar den Verschlag betreten hatte, in dem sie gefangen gehalten wurde, hatte Donna Sullivan bemerkt, dass etwas nicht stimmte. Die Züge des Erzganoven hatten sich auf eigentümliche Art verändert, wirkten angespannt, nicht mehr so siegessicher wie vorhin.

»Fangen Ihre Handlanger schon an, zu meutern?«, fragte die FBI-Agentin spitz. »Sind sie nicht ganz so leicht zu lenken, wie Sie dachten?«

»Halten Sie den Mund!«, zischte Viscar. »Ich will kein Wort mehr von Ihnen hören, verstanden?«

»Dann werden Sie mich knebeln müssen«, sagte die FBI-Agentin mutig. Sie hatte nicht vor, sich von Visvar einschüchtern zu lassen.

»Sie sind verdammt stolz, Special Agent Sullivan«, stellte Viscar fest. »Zu stolz für meinen Geschmack. Sie blicken auf mich herab.«

»Sie haben es erfasst«, antwortete Donna. »Sie halten sich für eine ganze große Nummer, Viscar. Dabei sind Sie im Grunde nichts als ein mieser Krimineller.«

»Sein Sie endlich still! Ich habe es satt, von Menschen umgeben zu sein, die mich verkennen, die mein Genie unterschätzen!«

»Was erwarten Sie? Einen Verdienstorden?«

»Nein, Agent Sullivan«, sagte Viscar kopfschüttelnd. »Ich verlange Respekt. Alles, was ich verlange, ist Respekt. Von diesen Idioten da draußen und auch von Ihnen!«

»Vergessen Sie's«, sagte Donna ruhig.

»O nein, Agent Sullivan, das werde ich nicht. Respekt hat vor allem mit Furcht zu tun. Und auch Ihnen werde ich noch beibringen, mich zu fürchten!«

Mit einem Blick, der Donna ganz und gar nicht gefallen wollte, ließ der Erzschurke seinen Blick über ihre schlanke Gestalt gleiten, die hilflos und gefesselt vor ihm auf der Pritsche lag. Langsam streckte er seine vor Wollust bebende Rechte aus und legte sie auf Donnas Brust. Die FBI-Agentin zuckte, begann unwillkürlich zu zittern.

»Sehen Sie?«, fragte Viscar grinsend. »Es beginnt schon zu wirken.«

»Sehen Sie sich vor, Viscar. Sie sollten nichts tun, was Ihnen irgendwann Leid tun könnte!«

»Im Gegenteil«, konterte Viscar mit gemeinem Grinsen. »Es gibt Dinge, bei denen täte es mir hinterher Leid, sie nicht getan zu haben!«

Damit begann er, die Knöpfe von Donnas Bluse zu öffnen. Er schob seine gierige Hand in ihren Ausschnitt.

Die FBI-Agentin wurde von kaltem Schauder gepackt. Sie schloss ihre Augen, wand sich vor Widerwillen, was Viscar nur noch mehr anzustacheln schien.

»Wir haben Zeit«, sagte er flüsternd. »Meine Leute sind unterwegs, um das gesamte Südviertel meiner Herrschaft zu unterwerfen. Alles, was ich zu tun brauche, ist, bis zum Morgengrauen zu warten. Dann werde ich der Herr von South Central sein. Bis es soweit ist, werde ich Ihnen Respekt beibringen!«

»Sie sind wahnsinnig!«, schrie Donna, während

seine Pranke gierig ihre Brust knetete. »Irgendwann werden Sie für das alles bezahlen, Viscar. Das schwöre ich!«

»Versprechen Sie nichts, was Sie nicht halten können, Mädchen«, tönte der Verbrecher höhnisch. »Ich wäre sonst bitter enttäuscht.«

Mit diesen Worten riss er ihr die Bluse auf, dass die Knöpfe in alle Richtungen spritzten. Mit flammenden Blicken starrte er auf ihre spitzen, festen Brüste.

»Bitte«, sagte Donna leise und blickte Viscar durchdringend an. »Wenn Sie auch nur einen Funken Ehre im Leib haben, tun Sie das nicht ...«

»Bitte«, echote der Ganove spöttisch. »Du hast bitte gesagt. Das ist Musik in meinen Ohren. Wie zahm und handsam du plötzlich bist ...« Mit schmutziger Wolllust strich er über ihre nackte Haut, sodass sie erschauerte.

»Du wirst noch lernen, mich zu schätzen, meine Kleine«, heiserte der Erzganove. »Du wirst es schon noch lernen ...«

Mike und ich hielten uns eng im Schutz der Schutthaufen und Ruinen, die die linke Seite der von unzähligen Autowracks übersäten Straße säumten. Als die blendenden Scheinwerfer am Ende der Fahrbahn auftauchten, warfen wir uns rasch hinter einem Mauervorsprung in Deckung.

Gerade noch im rechten Augenblick.

Mit röhrendem Motor pflügte der Laster die Straße herauf. Die Ladefläche war voll mit jungen Männern und Frauen, die alle die rote Lederkleidung der berüchtigten Sangre-Gang trugen.

Sie hielten Maschinenpistolen und abgesägte Schrotflinten in den Händen, johlten und grölten, während sie auf dem Lkw durch die Straßen des zerstörten Viertels fuhren. Der Laster selbst war durch grobe Metallplatten gepanzert worden, die offensichtlich schon einige Kugeln abgewehrt hatten. Man hätte glauben können, diese jungen Menschen zögen in den Krieg.

Und so war es wohl auch!

Als der Laster unser Versteck erreichte und das Licht der Scheinwerfer den Mauervorsprung erfasste, duckten wir uns und verhielten uns ganz still, hofften, dass die Gangmitglieder uns nicht sehen würden.

Wir hatten Glück.

Ohne sein Tempo zu verlangsamen, raste der Lkw an uns vorbei, boxte zwei eng beieinander stehende Autowracks auseinander und setzte unbeirrbar seinen Weg fort. Wie ein Panzer. Kurz darauf war er um eine Kurve verschwunden.

Mike sagte nichts.

Der junge Wissenschaftler schaute mich nur an, und wir versuchten beide, uns unseren Reim auf das zu machen, was wir eben gesehen hatten.

Was war hier los? War ein Bandenkrieg ausgebrochen?

Unmittelbar nach einer solchen Katastrophe?

Kämpften die rivalisierenden Gangs um die Trümmer und Ruinen der Stadt, so, wie sich Geier um einen halb verrotteten Kadaver stritten?

»Los, weiter!«, raunte ich Mike zu, und wir setzten unseren Marsch fort.

Wir gingen in die Richtung, aus der der Lkw gekommen war. Als wir das Ende der breiten Fahrbahn erreichten, die in eine einst viel befahrene Hauptstraße mündete, hörten wir plötzlich das rhythmische Stampfen von Musik, dazu lautes Geschrei.

»Was …?«, wollte Mike fragen. Doch ich bedeutete

ihm, zu schweigen, versuchte herauszufinden, woher die Klänge kamen, die inmitten der Ruinen umhergeisterten. Schließlich glaubte ich, die Richtung ermittelt zu haben, und zog meinen jungen Begleiter mit mir fort.

In gebückter Haltung verließen wir die Straße und schlichen zwischen den zerfallenen Überresten schäbiger Baracken umher. Dann, endlich, sahen wir, woher das Geschrei und die Musik kamen.

Die Reihen der Ruinen endeten abrupt am Rand einer breiten, von Trümmern übersäten Fahrbahn. Auf der anderen Seite erstreckte sich ein weiter Parkplatz, auf dem mehrere Feuer loderten. Junge Menschen, die ebenfalls die Kleidung der Sangres trugen und unter Alkohol- und Drogeneinfluss zu stehen schienen, tanzten in frenetischen Zuckungen um die Flammen, rasselnde Salsa-Rhythmen gaben den Takt dazu an.

Es war ein bizarrer Anblick, der inmitten der grausamen Realität etwas Unwirkliches, Verbotenes an sich hatte.

An der Stirnseite des Parkplatzes stand ein großes, flaches Gebäude, das zur Hälfte eingestürzt war. Das große, abgebrochene Schild, auf dem noch ›…feway‹ zu lesen war, zeigte an, dass es sich einst um einen Supermarkt gehandelt hatte. Wo einst die Firmenfahne im Wind geflattert hatte, wehte jetzt das blutrote Banner der Sangres.

Ich bedeutete Mike, mir zu folgen.

Lautlos verließen wir den Schutz der Trümmer, überquerten einen Teil der Fahrbahn, um uns hinter dem Wrack eines Van zu verbergen. Von hier aus hatten wir einen besseren Blick über das Gelände.

Ich konnte die Fahrzeuge sehen, die am Rand des großen Parkplatzes standen. Lkw und Pick-ups, die sicherlich gestohlen und mit notdürftiger Panzerung versehen worden waren. Die meisten der Jugendlichen, die über den Platz torkelten, trugen Handfeuerwaffen bei sich, fanden sich nach und nach bei den Fahrzeugen ein.

Offenbar hatte ich mit meinem Verdacht richtig gelegen. Es war tatsächlich eine Art Bandenkrieg im Gang. Dazu noch einer, der angesichts der überstandenen Katastrophe verblüffend gut organisiert war.

»Verdammt, Jerry«, flüsterte Mike, der das Schweigen nicht mehr aushielt. »Was geht da vor?«

»Krieg«, erwiderte ich düster. »Der Mob führt Krieg …«

Betroffen beobachtete ich, wie einer der Laster losfuhr. Die jungen Männer und Frauen, die grölend und wie von Sinnen lachend auf der Pritsche standen, feuerten mit ihren MPis in die Luft, dass es ohrenbetäubend ratterte.

Im nächsten Moment fuhr noch einer der abgewrackten Transporter ab. Und gab den Blick auf ein Motorrad frei, das vor der Ruine des Supermarkts abgestellt worden war.

Ich erstarrte, als ich Wills Harley Davidson erkannte!

»Das gibt's doch nicht!«, entfuhr es mir ächzend.

»Was ist?«, fragte Mike.

»Dieses Motorrad dort, die Harley …«

»Was ist damit?«

»Sie gehört einem Kollegen von mir. Einem Freund. Meinem Neffen …«

»Sind Sie sicher?« Mike machte große Augen.

»Ganz sicher.« Ich nickte. »Dieses aufgemotzte Ding würde ich aus Hunderten von …«

Ich verstummte jäh, als ich hinter mir das hässliche Klicken eines Sicherungshebels hörte.

»Keine Bewegung«, sagte eine jugendliche Stimme.

»Was …?«, wollte Mike verdutzt fragen. Da rammte ihm der Kolben einer HK-Maschinenpistole in den Nacken, und ächzend brach er zusammen.

Im gleichen Moment fühlte ich, wie mich jemand packte und hoch riss, mich durchsuchte und mir das Messer abnahm, das ich bei mir trug.

Dann erst drehte man mich herum. Und ich blickte in die vor Mordlust glänzenden Augen mehrere junger Bandenmitglieder, die die Läufe ihrer Maschinenpistolen auf uns gerichtet hatten.

»Was haben wir denn da?«, fragte einer der jungen Burschen lallend. »Zwei Weiße. In unserem Revier.«

»War ein großer Fehler von euch, hier rumzuschnüffeln«, meinte ein anderer. »Schätze, Ricardo wird euch über die Klinge springen lassen. Er mag keine neugierigen Besucher.«

Die jungen Kerle lachten, und ich überlegte, ob ich einen Befreiungsversuch wagen sollte.

Ich entschied mich dagegen.

Die Waffen der Gangmitglieder waren entsichert, die Kerle brauchten nur abzudrücken, und wir waren erledigt. So sehr es mir widerstrebte, es einzugestehen, aber wir saßen in der Falle …

Als Phil zu sich kam, hatte er erneut den Geschmack von Rauch auf der Zunge.

Diesmal jedoch war es nicht der schale, beißende Geschmack von Verbranntem, sondern der angenehm süßliche Duft von Pfeifentabak.

Der G-man riss die Augen auf, war einigermaßen überrascht, dass er sich nicht mehr in Dunkelheit befand. Ein kleines Lagerfeuer loderte zwei Armlängen von ihm entfernt und verbreitete wohlige Wärme. Auch stellte Phil fest, dass sein gebrochenes Bein nicht mehr so schmerzte wie noch vorhin. Er blickte an sich herab, stellte fest, dass es fixiert und verbunden worden war.

»Wo ...?« Verblüfft schaute sich Phil um, sah ein niederes Gewölbe, das sich über ihm spannte. Er befand sich in einer Art Keller ...

»Ich hab mir das damals gut überlegt mit dem Keller«, sagte plötzlich eine dunkle, tiefe Stimme. »Die Leute sagten, ich wär verrückt, mir 'n Loch unter'm Haus zu graben wie 'n verdammtes Karnickel. Heute bin ich froh, dass ich das Loch habe.«

Phil wandte den Kopf, sah den alten Chester Barnes in einem noch älteren Schaukelstuhl sitzen, mit dem er gemächlich hin und her wippte, während er an seiner Pfeife sog. Das leise, gleichmäßige Knarzen des Stuhles hatte etwas Beruhigendes.

»Sie ... haben mich hergebracht«, vermutete Phil.

»So isses, Jungchen«, bestätigte der alte Farbige. »Auf halber Strecke dacht ich schon, du wärst mir abgenippelt. Aber Gott sei Dank bist du 'n zäher Bursche. Hab dein Bein geschient. Sollte 'ne Weile halten.«

»Hab ich gesehen.« Phil blickte wieder an sich herab, nickte anerkennend. »Danke.«

»Gern geschehen. Die Straßen dort oben sind voll mit Leuten, die sich gegenseitig die Schädel einschlagen. Kann nich' schaden, wenn einer dabei ist, der seinem Nächsten hilft.«

»Hm«, machte Phil. Sekunden lang starrte der G-man ins flackernde Feuer, dessen Rauch durch eine Deckenöffnung nach oben zog. Durch die Öffnung sah Phil Sterne leuchten. Von Chesters Haus war offenbar nichts übrig geblieben bis auf diesen Keller.

»War 'n übles Beben, was?«, fragte der alte Mann, als könnte er Phils Gedanken lesen.

»Kann man wohl sagen.«

»Das schlimmste, das ich je erlebt habe. Und ich leb schon 'ne ganze Weile hier, das kannst du mir glauben. Aber ich will mich nich' beschweren. Ich hab immer noch 'n Dach über'm Kopf, und auch mein Schaukelstuhl und meine Pfeife sind heil geblieben. Mehr brauch ich nich' …«

Phil legte sich zurück auf die Decke, auf die Chester ihn gebettet hatte, und atmete tief durch. Die Gegenwart des alten Mannes hatte etwas Tröstendes, Beruhigendes. Fast schien es, als wäre die Katastrophe, die die Welt draußen erschüttert hatte, nicht in den Keller dieses Hauses vorgedrungen. Aber Phil wusste nur zu gut, dass dort an der Oberfläche noch immer das Chaos herrschte.

Und dass sein Partner allein dort draußen war, auf der Suche nach einem entflohenen Schwerverbrecher und …

»Meine Dienstwaffe«, fragte Phil plötzlich. »Wo ist sie?«

»Dort drüben, bei deinen anderen Sachen.« Chester deutete auf Phils zerschlissene Jacke, die auf er untersten Stufe der Treppe lag. Auch Phils Ausweis, sein Holster und die SIG Sauer lagen dort.

»Ich hab deinen Ausweis gefunden. Hätte nich' gedacht, dass du wirklich einer von denen bist.«

»Von denen?« Phil hob die Brauen.

»Naja, von den Bullen. Musst entschuldigen, wenn ich so von euch spreche. Aber die meisten Cops, die wir hier zu sehen kriegen, sind korrupte Schweine, die mit den Syndikaten unter einer Decke stecken. Und sie kuschen vor den Gangs. Einen FBI-Agenten hier zu haben, is' ungefähr so wie …«

»… wie wenn Santa Claus zu Ostern käme«, versetzte Phil schnaubend.

»Yeah.« Chester setzte ein breites Grinsen auf. »So ungefähr.«

Phil nickte, konnte gut verstehen, was der alte Mann meinte. Die Leute in den Slums kamen sich vergessen und verloren vor. Und dies umso mehr, da die Katastrophe bereits einige Stunden zurücklag und noch immer keine Hilfe eingetroffen war. Plünderer zogen in den Straßen umher, Anarchie herrschte allerorten. Das war nicht das Amerika, das Phil kannte und liebte. Und zu allem Überfluss trieb sich auch noch ein entlaufener Syndikatsboss dort draußen herum.

Wäre es ihm irgendwie möglich gewesen, wäre Phil sofort aufgebrochen, um Jerry bei seiner Suche beizustehen. Vielleicht war er in Schwierigkeiten, brauchte seine Hilfe. Aber mit dem gebrochenen Bein war es aussichtslos.

»Bullshit«, sagte Phil und ballte resignierend die Fäuste.

»Ich weiß nich', G-man.« Chester Barnes schüttelte den Kopf. »Für jemanden, der Gevatter Tod grade mal von der Schippe gesprungen is', siehste mir nich' sehr glücklich aus.«

»Bin ich auch nicht«, antwortete Phil wahrheitsgemäß. »Mein Partner ist irgendwo da draußen in diesem Chaos und sucht nach einem mutmaßlichen Schwerverbrecher, der während des Bebens geflüchtet ist. Nicht auszudenken, was der Kerl alles anrichten kann, wenn er uns entkommt. Gegen ihn sind die Plünderer da draußen die reinsten Waisenknaben.«

»Is' das wahr?«, fragte Chester, und seine dunkle Haut schien ein wenig blasser zu werden.

»So war ich hier liege«, versicherte Phil. »So wahr mein verdammtes Bein gebrochen ist und ich es nicht bewegen kann ...«

»Du willst deinem Partner helfen«, stellte der alte Mann fest.

»Das würde ich gerne, aber …«

»Was möchteste gerne tun?«

»Am allerliebsten würde ich Verstärkung rufen, aber die Handys funktionieren nicht mehr, weil die Kommunikationseinrichtungen zusammengebrochen sind.«

»Hm«, machte der alte Chester. »Von dem neumodischen Kram versteh ich nix. Würde dir denn 'n *Funkgerät* weiterhelfen?«

»Ein *was*?« Phil traute seinen Ohren nicht.

»Na, 'n Funkgerät«, erwiderte der alte Mann, als wäre es das Selbstverständlichste der Welt. »So'n Ding, an dem man dreht und wo man mit Leuten reden kann …«

»Ich weiß, was ein Funkgerät ist. Sie haben doch nicht etwa eins hier?«

»Na also, vorhin war's noch hier«, meinte Chester und erhob sich ächzend aus seinem Schaukelstuhl. Mit schlurfenden Schritten durchquerte er den Kellerraum, trat an das grob gezimmerte Regal, das die Rückwand des Gewölbes einnahm. Im untersten Fach stand ein unförmiges Ungetüm, das mit einer in Öl getränkten Canvasplane bedeckt war. Mit einem Ruck zog Chester die Plane beiseite. Darunter kam ein altertümliches Militärfunkgerät zum Vorschein. Das Ding besaß eine Kurbel, über die es mit Elektrizität versorgt werden konnte, und sah aus, als wäre es eine Leihgabe aus einem Museum für Militärgeschichte.

»War damals Funker in Korea«, erklärte der Alte schulterzuckend. »Das Ding ham'se mir geschenkt, für treue Dienste und so. 'n Orden oder 'n Scheck wär mir damals lieber gewesen. Aber vielleicht könn'wer das gute Stück doch noch brauchen.«

Phil traute seinen Augen nicht, schaffte es trotz der lähmenden Schmerzen in seinem Bein, sich aufzusetzen.

»Wenn das Ding noch funktioniert, Chester«, sagte er leise, »dann bekommen Sie Ihren Orden, glauben Sie mir …«

»Los, geht gefälligst schneller!«, blaffte einer der jungen Kerle, die mit Maschinenpistolen bewaffnet waren, Will Cotton und Lisa an.

Nachdem Viscar auf dem Parkplatz den tobenden Derwisch gegeben hatte, hatte Ricardo seinen Leuten befohlen, den jungen G-man und die junge Farbige abzuführen und in einen der noch intakten Räume des halb eingestürzten Supermarkts zu sperren. Viscar selbst hatte die beiden in seiner Raserei gar nicht zu Gesicht bekommen. Und selbst wenn, hätte er wahrscheinlich keinen Verdacht geschöpft.

Der Kopf des Kolumbianer-Syndikats kannte Will Cotton nicht. Aber umgekehrt …

Will fragte sich, was Viscar mit den Sangres zu schaffen hatte. Nach allem, was er dem Geschrei des Syndikatschefs hatte entnehmen können, ging es Viscar offenbar darum, das allgemeine Chaos zu nutzen, um sich zum Herrn der Unterwelt von South L.A aufzuschwingen. Wer den Drogenhandel kontrollierte, beherrschte den gesamten Bezirk. Die anderen Gangs standen Viscar bei seinen Plänen nur im Weg. In seiner Ruchlosigkeit hatte er Befehl gegeben, sie alle auszulöschen. Wie konsequent die Sangres diesen Befehl befolgten, hatten Will und Lisa mit eigenen Augen gesehen.

Seine Überraschung darüber, Viscar hier anzutreffen, hatte Will schnell verwunden. Er konnte nur vermuten, wie es dem Erzschurken gelungen war, Jerry und den anderen zu entkommen. Auch wusste er nicht, ob seine Freunde noch am Leben waren oder ob sie die ersten gewesen waren, die Viscars Größenwahn zum Opfer gefallen waren.

Alles, was er wusste, war, dass er Diego Viscar das Handwerk legen musste.

Um jeden Preis …

Mit vorgehaltenen Waffen trieben die Sangres Will und Lisa durch die eingestürzten Regalreihen des Supermarktes. Als Zelle für ihre beiden Gefangenen suchten sie sich geschmackvollerweise die Herrentoilette aus.

Ein echt mieser Ort, um draufzugehen, dachte Will. Aber man konnte es sich eben nicht aussuchen.

Lisa war noch immer nackt, mal abgesehen von dem superknappen Tangaslip, der kaum mehr war als ein winziges weißes Dreieck zwischen ihren Schenkeln, gehalten von dünnen Bündchen. Auf ihrer schwarzen Haut schien der helle Fetzen Stoff zu leuchten.

Mit den Armen hatte sie ihre kleinen spitzen Brüste verbergen wollen, doch lachend hatten ihr die Kerle die Hände nach unten geschlagen. Einer klatschte ihr ein paar Mal die gierige Pranke auf den runden, blanken Po, weil sie angeblich nicht schnell genug ging.

Aufmerksam taxierte Will jede Bewegung der drei Bewacher. Einer von ihnen ging ihnen mit einer Taschenlampe voraus, die anderen beiden folgten ihnen, er konnte sie nur aus dem Augenwinkel heraus sehen, aber er registrierte, dass ihre Blicke auf Lisas knackiger Kehrseite klebten.

Will war klar, dass er handeln musste. Andernfalls waren Lisa und er verloren. Würden die Sangres gegen Morgengrauen erst von ihren Raubzügen zurückkehren, würden sie ihn eiskalt umbringen. Was sie mit Lisa machen würden, wollte sich der junge G-man lieber gar nicht ausmalen.

Er musste handeln, hier und jetzt!

Unsanft wurden Lisa und er von ihren Bewachern durch die schmale Tür in den Raum mit den Pissoirs gestoßen. Erbärmlicher Gestank schlug ihnen entgegen. Die Kanalisation hatte bei dem Beben ebenfalls Schaden genommen.

»Sagt mal«, knurrte Will, »habt ihr Jungs keinen Anstand? Das ist kein Ort für eine Lady!«

»Maul halten, Gringo!«, sagte einer seiner Bewacher. »Vielleicht nehmen wir die Lady ja mit und gönnen uns ein bisschen Spaß mit ihr.«

Er drehte sich zu Lisa um, drückte sie an die gekachelte Wand, grapschte nach ihren Brüsten. »Na, Kleine, gefällt dir das? Würdest du es gern mit uns dreien treiben, he?«

Die anderen beiden Kerle hatten sich nach Lisa und ihrem Komplizen umgedreht. Breit grinsend und mit gierigen Blicken beobachteten sie das Geschehen.

Will nutzte die Gelegenheit sofort aus. Sein rechtes Bein schoss gestreckt in die Höhe.

Der Taekwon-do-Tritt traf einen der Kerle völlig unerwartet, fegte ihn von den Füßen. Den anderen erwischte Will mit der Handkante am Hals. Der Bursche ließ die MPi fallen, sackte röchelnd in die Knie.

Der Dritte gab eine spanische Verwünschung von sich, ließ von Lisa ab, wirbelte herum und …

Wills Faust explodierte in seinem Gesicht, zertrümmerte ihm die Nase. Der nächste Faustschlag setzte ihn k.o.

Lisa wollte schreien, doch da war Will bei ihr, presste ihr die Hand auf dem Mund und machte »Pscht!«

Er schaute sich um. Alle drei Gangster waren ausgeschaltet. Sein Tritt hatte dem einen die Besinnung genommen, und der Kerl, dem er den Kehlkopf zerschlagen hatte, zuckte noch ein paar Mal, dann lag er still.

Will lauschte.

Alles ruhig …

Er ließ Lisa los. Instinktiv schlang sie ihre Arme um ihn, weinte ihre Angst und ihre Verzweiflung hinaus, während ihr halbnackter Körper zitterte.

»Es ist alles gut«, flüsterte Will, »aber wir müssen hier schnell weg, Lisa. Wir haben keine Zeit …«

In aller Eile zog er seine Lederjacke aus und reichte sie Lisa. Während sie hineinschlüpfte, sammelte der G-man die Maschinenpistolen ein und hängte sich zwei um. Vielleicht würde er sie noch brauchen. Die dritte MPi behielt er in den Händen. Auch die Taschenlampe nahm er mit.

Dann huschte er zusammen mit Lisa aus dem Toilettenraum hinaus auf den Flur, dessen Deckenplatten während des Bebens herabgestürzt waren. So leise sie konnten, stiegen sie über die Trümmer hinweg und zogen sich in den hinteren Teil des Gebäudes zurück.

»W-was we-werden wir jetzt tun?«, fragte Lisa mit bebender Stimme. »Lass uns abhauen, bitte!«

»Tut mir Leid, Schätzchen, das geht nicht«, gab Will grimmig zurück. »Ich muss hier bleiben und diesem Viscar das Handwerk legen.«

»Aber – wieso?«

»Weil er ein gefährlicher Schwerverbrecher ist, deshalb. Dieser Schweinehund will einen Bandenkrieg führen. Menschenleben bedeuten ihm nichts, wenn es um seinen Geldbeutel geht. Es wird Zeit, dass ihm jemand das Maul stopft!«

»Und dieser Jemand musst ausgerechnet du sein?«

»Warum nicht?« Will setzte ein ermunterndes Grinsen auf. »Es sei denn, du hättest einen anderen geeigneteren Kandidaten im Blick. Ich hätte nichts dagegen, mit dir durchzubrennen und mir ein paar schöne Wochen zu machen.«

Einen Augenblick lang wusste sie nicht, ob er es ernst meinte.

Dann sah sie den Schalk in seinen Augen blitzen, und trotz der dramatischen Umstände und des Schocks, unter dem sie stand, musste sie lächeln.

»Na also«, meinte Will und wischte ihr mit den Fingerspitzen sanft die Tränen aus dem Gesicht. »So ist es schon viel besser. Wird es gehen?«

»Ich – ich denke schon.«

»Tapferes Mädchen.« Will hauchte ihr einen Kuss auf die Wange.

Dann setzten sie ihren Weg durch die Dunkelheit fort. Soweit Will mitbekommen hatte, befand sich Viscars Schlupfwinkel im Keller des Gebäudes. Er musste einen Weg finden, ungesehen dort hinunter zu kommen …

Wenn Donna Sullivan die Möglichkeit gehabt hätte, sich an einen anderen Ort zu wünschen, wäre sie nicht wählerisch gewesen.

Jeder andere Ort auf der Welt wäre ihr lieber gewesen, als gefesselt auf einer Pritsche in einem Kellerverschlag zu liegen und zu fühlen, wie Diego Viscars schweißfeuchte Hände über ihren nackten Oberkörper glitten, wie sie über den Stoff ihrer Hosen wanderten und ihre Schenkel berührten.

Die FBI-Agentin wand sich unter den Zudringlichkeiten des Schurken, denen sie schutzlos ausgeliefert war, zerrte an ihren Fesseln, die sich dadurch nur noch tiefer in ihr Fleisch schnitten. Tränen der Scham und der ohnmächtigen Wut traten in ihre Augen, was Viscars krankhafte Lust nur noch mehr anstachelte.

»Siehst du«, keuchte der Erzverbrecher, »ich hatte dir gesagt, dass ich dich noch Respekt lehren würde ...«

Geschockt spürte Donna, wie sich seine Hände an ihrem Gürtel zu schaffen machten, wie sie sich langsam in den Hosenbund schoben und ...

In diesem Moment platzte jemand lautstark durch die Tür des Verschlags.

Viscars Hand zuckte zurück, der Drogenbaron fuhr herum.

»Was gibt's?«, blaffte er den jungen Mann an, der ihn so ungelegen gestört hatte. Es war Ricardo persönlich.

»El Presidente!«, rief der Gangführer. »Ich – ich bitte um Vergebung, aber meine Leute haben zwei Männer aufgegriffen, die um das Lager herumspioniert haben.«

»Zwei Männer? Und deshalb belästigst du mich?« Viscar schnaubte. »Was soll das Theater? Erschießt die beiden Idioten, und der Fall ist erledigt! Wie oft soll ich dir noch sagen, dass in dieser Nacht die Toten nicht gezählt ...«

»*Diese beiden* werden vielleicht doch gezählt«, unterbrach ihn Ricardo. »Einer von ihnen hat einen FBI-Ausweis bei sich.«

»Er hat ... *was?*«

»Er hat einen Ausweis bei sich, El Presidente. Sein Name ist Jerry Cotton.«

»Cotton«, echote Viscar, und er verspürte die Wut in sich, als er das Lächeln sah, das über Donna Sullivans Züge huschte.

»Kein Grund zur Hoffnung, meine Teuerste«, versetzte er gehässig. »Dein Kollege befindet sich in meiner Gewalt. Und ich werde dafür sorgen, dass er mir keinen Ärger mehr macht. *Wir beide*«, damit ließ er noch einmal einen Blick über ihre unverhüllte Oberweite schweifen, »sind noch nicht fertig miteinander.«

Damit verließ der Schurke den Verschlag, folgte Ricardo hinaus auf den Kellergang.

Donna blieb zurück.

Hilflos, allein und verzweifelt.

Anfangs hatte Will es für eine gute Idee gehalten, in den Lüftungsschacht zu klettern. Jetzt, da die metallene Röhre vor ihm immer enger wurde und die durch das Beben ausgebrochenen Halterungen unter seinem Gewicht bedenklich ächzten, war er sich schon nicht mehr so sicher.

Dennoch wusste er, dass es kein Zurück mehr gab. Er hatte sich geschworen, Viscar das Handwerk zu legen, die wahnsinnigen Pläne des Syndikatschefs zu vereiteln. Und genau das würde er auch tun.

Lautlos und vorsichtig schob sich der G-man durch die enge Röhre, dicht gefolgt von Lisa, die um nichts in der Welt dazu zu bewegen gewesen war, zurückzubleiben und auf ihn zu warten.

Zentimeter um Zentimeter glitten die beiden durch die enge Röhre, die zunächst senkrecht in die Tiefe geführt und sich danach verzweigt hatte. Will konnte nur hoffen, dass er sich für die richtige Abzweigung entschieden hatte. Immerhin war er jetzt im Kellergeschoss des Hauses. Viscar konnte nicht weit sein.

Dann, plötzlich, hörte Will Stimmen, und ein Stück voraus sah er warmes, flackerndes Licht, das durch eine vergitterte Öffnung von unten in den Schacht fiel.

»Bingo«, flüsterte der junge G-man und schob sich

weiter vorwärts, erreichte das Gitter und warf einen vorsichtigen Blick hinab.

Was er sah, ließ ihm den Atem stocken!

Er sah Diego Viscar, zusammen mit einigen seiner Schergen, die schussbereite Maschinenpistolen auf zwei Gefangene gerichtet hatten.

Den einen der beiden Männer hatte Will noch nie gesehen. Er war etwa in seinem Alter und sah ziemlich mitgenommen aus.

Den anderen kannte er dafür umso besser.

Es war Jerry Cotton!

Will atmete tief durch.

So froh er darüber war, Jerry wohlauf und am Leben zu sehen, so bescheiden war die Lage, in der er sich befand.

Ganz offenbar war Jerry von Viscars Leuten aufgegriffen worden, als er das Lager ausspioniert hatte. Jetzt befand er sich in der Gewalt des Schurken, und seine Zukunftsaussichten waren alles andere als rosig.

Fieberhaft überlegte Will.

Sollte er es riskieren? Hinabspringen und einen Befreiungsversuch wagen?

Obwohl das eines jener Husarenstücke gewesen wäre, derentwegen sich Will im Field Office Los Angeles einen berüchtigten Ruf erworben hatte, entschied sich der junge G-man dagegen. Seinen eigenen Hintern zu riskieren, war eine Sache. In diesem Fall jedoch ging es auch um das Leben der beiden Gefangenen. Und um das von Lisa.

Er durfte nicht zu viel riskieren, musste den Lüftungsschacht verlassen und auf eine Chance warten, Jerry und seinen Begleiter zu befreien.

Schweren Herzens robbte Will weiter durch den Schacht, ließ Jerry in Viscars Klauen zurück. So sehr sich alles in ihm dagegen sträubte, hatte er doch das

Gefühl, das Richtige zu tun. Auch Jerry wäre dieser Meinung, da war er sich ganz sicher.

Bemüht, kein unnötiges Geräusch zu verursachen, krochen der G-man und Lisa weiter durch die enge Röhre, bis sie erneut an ein Lüftungsgitter gelangten. Wieder bewegte sich Will vorsichtig darauf zu, spähte hinab.

Und erneut stockte ihm der Atem!

Unmittelbar unter ihm befand sich ein kleiner, länglicher Kellerraum, der wohl einmal als Abstellkammer gedient hatte. Darin stand eine fahrbare Pritsche, die offenbar aus einem Krankenwagen stammte. Und auf dieser Pritsche lag, halbnackt und gefesselt – Donna Sullivan.

»Donnerwetter!«, entfuhr es Will halblaut. Er wusste nicht, worüber er sich mehr wundern sollte. Über die Tatsache, seine Partnerin ausgerechnet hier anzutreffen, oder über die atemberaubenden Formen ihrer entblößten Oberweite. »Wenn ich das gewusst hätte«, murmelte er, »ich wäre netter zu ihr gewesen …«

Gleichzeitig schwor er sich, das Schwein, das Donna die Kleider vom Leib gerissen hatte, mit seinen Fäusten zu bearbeiten.

Will beugte sich tiefer über das Gitter, sah, dass die Tür zum Korridor offen stand. Von draußen drang flackernder Fackelschein herein, der den Raum in sanftes Licht tauchte. Wachen waren offenbar nicht in der Nähe.

»Okay«, knurrte Will, »dann mal los!«

Mit dem Ellbogen drosch er auf das Gitter, um es aus seiner Halterung zu stoßen und nach unten zu klettern …

»Jerry Cotton!«, zischte Viscar, und es klang wie ein Fluch. »Hätte nicht gedacht, dass wir uns so bald wieder sehen!«

»Ich schon«, konterte ich und bedachte den Erzverbrecher mit einem vernichtenden Blick. »Ich habe Sie gesucht, Viscar. Und ich habe Sie gefunden.«

»Ihre Beharrlichkeit ist erstaunlich«, knurrte Viscar, und über seine hageren Züge glitt ein mattes Lächeln. »Allerdings werden auch Sie mich nicht von meinen Plänen abbringen können ...«

»Welchen Plänen?«, fragte ich.

»Da fragen Sie noch?« Viscars Mundwinkel verzogen sich geringschätzig. »Ich hätte gedacht, dass ein Mann Ihres Formats meine Absichten längst durchschaut hat, Cotton.«

»Ich weiß, dass Sie etwas mit dem Bandenkrieg zu tun haben, der dort draußen tobt. Was ich nicht verstehe, ist, was Sie mit all dem bezwecken.«

»Ist das denn wirklich so schwer zu erraten?« Der Drogenboss setzte wieder sein breites Grinsen auf. »Seit Jahren sind mir die anderen Kartelle, die den Markt in Los Angeles mit Drogen versorgen, ein Dorn im Auge. Die meisten von ihnen bedienen sich der Gangs, die in den Straßen von South L.A. herrschen und die einzelnen Gebiete kontrollieren. In diesen Markt einzubrechen, ist so gut wie unmöglich. Es sei denn ...«

»... es ereignet sich eine Katastrophe, die die bestehenden Machtgefüge in ihren Grundfesten erschüttert«, fuhr ich für ihn fort. »Dann kommen Sie daher und machen gemeinsame Sache mit den Sangres, um den Laden zu übernehmen.«

»So ungefähr.« Viscar nickte. »Es ist ein Geschäft zu beiderseitigem Nutzen. Die Sangres triumphieren über ihre Gegner und ich über meine.«

»Na, das haben Sie sich ja fein ausgedacht.«

»Nicht wahr, ein toller Plan. Vor allem, wenn man bedenkt, dass ich mir das Ganze innerhalb von ein paar Minuten ausgedacht habe. Ich musste improvisieren.«

»Sie sind ein ruchloser Verbrecher«, schaltete sich jetzt Mike in den Disput ein, der bislang teilnahmslos neben mir gestanden hatte. »Wir haben gesehen, was Ihre Leute mit diesen armen Menschen gemacht haben. Sie haben sie regelrecht hingerichtet!«

»Wer ist das?«, fragte Viscar, als wäre Mike ein lästiges Insekt, das es zu verscheuchen galt.

»Das ist Dr. Mike Drexler vom Institut für seismologische Forschungen«, stellte ich vor. »Seine Behörde wird nach ihm suchen, wenn er sich nicht meldet. Ebenso wie meine.«

Viscar winkte ab.

»Hören Sie auf mit diesen Kindergeschichten, Cotton. Diese Versuche der Einschüchterung funktionieren bei mir nicht mehr. Sie sind also Seismologe, Dr. Drexler?«

»So ist es«, bejahte Mike nervös.

»Dann, schätze ich, sollten Sie sich nicht über ein paar Tote aufregen, die meine Leute am Straßenrand zurückgelassen haben. Denn Sie und Ihresgleichen haben *ein paar Tausend* Menschenleben auf dem Gewissen!«

»Nein«, widersprach Mike entschieden, »das ist nicht wahr!«

»So?« Viscar starrte den jungen Wissenschaftler an, und er schien seinen wunden Punkt erkannt zu haben. »Warum wurden die Menschen in den Slums dann nicht gewarnt? Erzählen Sie mir nicht, Sie hatten keine Daten vorliegen gehabt, die es möglich gemacht hätten, das Südviertel rechtzeitig zu evakuieren.«

»Nein«, gestand Mike und senkte betreten den Kopf.

»Da habt ihr die Antwort!«, wandte sich Viscar an die Bandenmitglieder, die uns mit schussbereiten Waffen umstanden.

In ihren Gesichtern war unbändiger Hass zu lesen. Hass auf Mike und seine Kollegen, die das Ausmaß der Katastrophe hätten eindämmen können.

»Ich habe euch gesagt, dass wir uns rächen werden«, sagte Viscar. »Diese beiden Männer hier gehören zu jenen, die Verantwortung tragen für das, was geschehen ist. Sie sind mitverantwortlich für den Tod eurer Familien!«

»Schweine!«, zischte Ricardo, der Anführer der Sangres, der Viscar geradezu hörig war.

»Das ist nicht wahr, Viscar«, sagte ich, »und das wissen Sie genau!«

»Sie haben noch nicht einmal den Anstand, es einzugestehen!«, rief der Verbrecher. »Für sie gibt es nur eine Strafe, die angemessen ist – den Tod!«

Die Sangres nickten entschlossen und traten vor, packten Mike und mich, um uns abzuführen.

»Tun Sie nichts, was Ihnen Leid tun könnte, Viscar«, knurrte ich. »Ich bin Special Agent des FBI. Wenn Sie mich umbringen lassen, werden meine Kollegen nicht ruhen, bis man Sie zur Strecke gebracht hat, das wissen Sie!«

»Sie unterschätzen mich schon wieder, Cotton«, kam die Antwort eiskalt zurück. »Mit ihren Drohungen können Sie mich nicht einschüchtern. Glauben Sie im Ernst, ich bin so dämlich und lasse einen FBI-Agenten am Leben, der meine Pläne kennt?«

»Wenn Sie uns ermorden lassen, werden Sie es bitter bereuen«, sagte ich.

Viscar lachte auf. »Haben Sie es noch nicht gemerkt,

Cotton? Die Welt, in der Sie leben, existiert nicht mehr! In dieser Nacht herrscht Anarchie! Dort draußen gelten keine Gesetze mehr!«

Mit den Füßen voraus ließ sich Will durch die Öffnung gleiten, baumelte einen Augenblick über dem Boden, ehe er losließ und weich federnd auf beiden Füßen landete.

Donna Sullivan starrte ihn an, als wäre er ein grünes Männchen, das eben aus seinem UFO gestiegen war.

»Will?«, fragte sie erstaunt.

»Höchstpersönlich«, gab der junge G-man grinsend zurück, während er Lisa dabei half, aus dem Schacht zu klettern. Sie trug zwar seine Lederjacke, doch als er ihr beim Herunterklettern half, ließ es sich nicht vermeiden, dass er direkt auf ihre knackigen Pobacken blickte, zwischen denen ihr Slip völlig verschwand. Er legte seine Hand auf ihre appetitliche Kehrseite, fasste sie an den wohl geformten Schenkeln und ließ sie herab. Dabei hatte er den Kopf gedreht und grinste Donna breit und unverschämt an.

Dann ging er rasch zu seiner Partnerin und machte sich daran, die Lederriemen und die Fesseln um ihre Hand- und Fußgelenke zu lösen.

»Wie – wie hast du mich gefunden?«, fragte sie.

»Ich habe nach dir und Jerry gesucht«, erklärte Will und grinste sie immer noch frech an. »Toll siehst du aus.«

»Das ... das ist einfach ...«

Donna wurde knallrot im Gesicht. So erleichtert sie darüber war, ihren Partner zu sehen und von ihm befreit zu werden, so sehr ärgerte sie sich auch darüber, dass er sie *so* sah.

Als sie sich aufrichtete, knöpfte sie sich schnell die Bluse zu, und Will – noch immer breit grinsend – reichte ihr eine der MPis, die er erbeutet hatte.

»Wer ist das?«, fragte Donna, auf Lisa deutend, die wenig mehr als Wills alte Lederjacke am Leib trug.

»Sie ist mir nachgelaufen«, antwortete Will Cotton achselzuckend. »Du weißt ja, wie verrückt die Weiber nach mir sind.«

»Meine Güte, Cotton«, zischte Donna. »Kannst du vielleicht auch mal ernst sein?«

»Jetzt wird bloß nicht eifersüchtig«, bat Will, dann huschte er zur Tür und spähte auf den Korridor.

»Bestimmt nicht«, ächzte Donna und gesellte sich zu ihm. Lisa blieb dicht hinter den beiden. »Was werden wir jetzt tun?«

»Ich habe Jerry gesehen«, flüsterte Will. »Er ist ebenfalls hier und befindet sich in Viscars Gewalt. Wir müssen ihn raushauen und diesem verdammten Schuft das Handwerk legen.«

»Ich bin dabei«, versicherte Donna.

Will nickte, wollte schon hinaus auf den Korridor schleichen, als er sich noch einmal zu Donna umdrehte.

»Schön, dass du noch lebst, Partner«, sagte er leise.

Dann huschte er hinaus auf den Gang …

Der Parking Lot vor dem Supermarkt, der von lodernden Feuern erhellt wurde, sah aus wie ein mittelalterlicher Hinrichtungsplatz.

Mit äußerst gemischten Gefühlen traten Mike und ich ins Freie, dicht gefolgt von den Wachen, die uns mit schussbereiten Maschinenpistolen in Schach hielten. Hinter ihnen folgten Viscar und Ricardo. Die beiden wollten es sich keinesfalls nehmen lassen, unserer

Hinrichtung beizuwohnen. Schließlich kam es nicht alle Tage vor, dass man einen G-man einfach so ermorden konnte, ohne dafür zur Rechenschaft gezogen zu werden.

Nie im Leben hätte ich es laut zugegeben, aber ich musste mir eingestehen, dass Viscar wahrscheinlich Recht hatte. Die makabre Rechnung des Erzganoven ging auf: In dieser Nacht, in der sich die schreckliche Katastrophe ereignet hatte, würden tatsächlich keine Toten gezählt werden. Auf zwei Mann mehr oder weniger kam es nicht an. Selbst wenn einer von ihnen ein G-man des New Yorker Field Office war.

Man trieb uns durch die Menge der Schaulustigen, die sich im Handumdrehen gebildet hatte. Ich sah den Blutdurst in den Augen der Gangmitglieder, fühlte den unbändigen Hass, der uns entgegenschlug. Hier in den Slums hatte man sein Leben verspielt, wenn man die falsche Herkunft besaß oder die falsche Hautfarbe hatte. Es genügte, um kaltblütig abgeknallt zu werden.

»Dort, an die Mauer!«, befahl Ricardo, und seine Männer führten uns an eine halb eingestürzte Ziegelwand.

Es war Mike anzusehen, wie sehr er sich fürchtete. Ich konnte es ihm gut nachfühlen. Es war ziemlich offensichtlich, was die Sangres mit uns vor hatten.

In aller Eile wägte ich unsere Chancen ab. Nur um festzustellen, dass wir keine hatten. Eine wilde Flucht hatte so gut wie keine Erfolgsaussichten, würde unausweichlich damit enden, dass wir erschossen wurden.

Nein.

Alles, was wir versuchen konnten, war Zeit gewinnen.

»Das wird Ihnen Leid tun, Viscar!«, rief ich, während Ricardo seine Leute anwies, vor uns Aufstellung zu nehmen wie ein militärisches Erschießungskommando.

»Ich schätze, damit kann ich leben, Cotton«, gab der Ganove schulterzuckend zurück. Seine kantige Visage sah aus wie die Fratze eines Totenschädels. »Haben Sie noch einen letzten Wunsch?«

»Einen letzten Wunsch?« Mikes Stimme bebte vor Panik. »S-Sie wollen uns wirklich er-erschießen? D-das können Sie d-och nicht tun …!«

»Und ob ich das kann, Dr. Drexler«, versicherte Viscar gönnerhaft. »Machen Sie sich mal keine Sorgen. Ihre Schuldgefühle werden schon bald der Vergangenheit angehören!«

Der Syndikatsboss lachte dröhnend, und die Gangmitglieder entsicherten ihre Waffen.

»Lassen Sie ihn gehen, Viscar!«, rief ich. »Mike hat nichts damit zu tun!«

»Er hat alles hier gesehen. Er weiß, was hier läuft und welche Rolle ich bei dieser Sache spiele«, erwiderte der Ganovenboss kopfschüttelnd. »Er wird sterben. Genau wie Sie, Cotton. Sie haben mich lange genug geärgert. Jetzt ist endgültig Schluss damit!«

Mit einem beiläufigen Nicken bedeutete er Ricardo, mit der Exekution zu beginnen.

Der Anführer der Gang hob seinen rechten Arm.

Ich hielt den Atem an.

Die Augen hatte man uns nicht verbunden. Ich blickte geradewegs in die Waffenmündungen unserer Henker, wartete darauf, dass das Mündungsfeuer aus den Läufen flackerte und uns das schreckliche Blei zerfraß.

»Es tut mir leid, Mike«, sagte ich leise und warf meinem jungen Begleiter einen letzten Blick zu.

Mike erwiderte den Blick nicht. Er hatte die Augen

fest zusammengekniffen, und sein Körper bebte, sein Gesicht war aschfahl.

Ich musste hart schlucken.

Jeden Augenblick würde es vorbei sein.

Jeden Moment …

Viscar sandte mir ein letztes hinterhältiges Lächeln, doch ich verzog keine Miene. Ich wollte dem Ganoven nicht den Triumph gönnen, in den letzten Sekunden meines Lebens noch um Gnade gewinselt zu haben. Wenngleich ich nicht die geringste Lust verspürte, hier und jetzt zu sterben.

Sollte dies mein Schicksal sein? Von dem Mitgliedern einer Straßengang erschossen zu werden? Inmitten einer Landschaft aus Ruinen?

Es kam mir seltsam und unwirklich vor.

Schon während des Bebens war ich dem Tod nur knapp entgangen. Vielleicht wollte sich das Schicksal einfach nicht betrügen lassen …

Wie in Zeitlupe sah ich, wie Ricardos Hand nach unten fiel, und dann …

Ich hörte das ohrenbetäubende Rattern der MPis!

Doch es waren nicht die Henker, die feuerten.

Im Gegenteil – ihnen galt das MPi-Feuer, und heiß und verderblich schlugen die Kugel in ihre Reihe ein, rissen Ricardos Bluthunde von den Beinen und zu Boden.

Einige starben sofort, andere wälzten sich schreiend und blutend auf dem Asphalt.

Panik brach unter den Gangmitgliedern aus. Auf dem Platz herrschte mit einem Mal Tumult. Die Sangres verfielen in wildes Geschrei und begannen, wild um sich zu feuern, während Viscar und Ricardo Hals über Kopf flüchteten.

Mike und ich rannten davon, nahmen hinter einem abgestellten Lkw Deckung.

Unter den Sangres war vollständige Verwirrung ausgebrochen.

Wild feuerten sie um sich, ohne ein wirkliches Ziel zu haben. Sie wussten ebenso wenig wie wir, woher der Angriff kam, konnten nichts tun, als sich in Deckung zu werfen und wie besessen um sich zu ballern.

Ich zuckte zusammen, als mir ein Querschläger um die Ohren pfiff. Mike zitterte am ganzen Leib.

Dann sah ich drei Gestalten, die sich von der Seite her näherten, flammende MPis in den Händen, mit denen sie die Sangres unter Beschuss hielten. Zwei Frauen und ein Mann.

Mein Erstaunen war grenzenlos, als ich zwei von ihnen erkannte. Es waren Will und seine Partnerin Donna Sullivan!

Sie eilten heran, hatten noch eine junge Frau bei sich, die wenig mehr anhatte als eine alte Lederjacke. Atemlos langten sie bei uns an.

»Hallo Jeremias, alter Sack!«, rief Will über das Hämmern der Maschinenpistolen hinweg. »Willkommen in L.A., der Stadt der Engel!«

Mit heiserem Kreischen stürzten zwei Sangres tödlich getroffen zu Boden.

»Hallo, Kleiner«, erwiderte ich mit schiefem Grinsen. »Hätte nicht gedacht, dass ich mich mal *freuen* würde, dich zu sehen!«

»Danke, gleichfalls«, lautete die lapidare Antwort. Damit war alles gesagt.

Nicht weniger erleichtert war ich, Donna lebend wieder zu sehen. Offenbar war es Will gelungen, seine Partnerin zu finden und zu befreien.

Ich konnte nicht anders, als tief beeindruckt zu sein. Der Junge hatte sich einfach seine Harley geschnappt und war uns in dieses Inferno gefolgt. Alle Achtung!

»Scheiße!«, schrie Will. » Die haben ein Maschinengewehr!«

Richtig – auf einem der Pick-ups war eine Lafette aufmontiert, und der Kerl, der dahinter stand, nahm uns wütend unter Feuer.

Wir gingen hinter dem Lkw in Deckung. Will reichte mir eine weitere MPi, die er zusätzlich über der Schulter hängen hatte.

Ich bedankte mich mit einem grimmigen Nicken, lud die Waffe durch und nahm dem Typ mit dem MG unter Beschuss.

Ein gellender Schrei, und der Bursche wurde von der Ladefläche gerissen.

»Vielen Dank für die Rettung«, raunte ich Will und Donna zu. »Und wie geht es weiter?«

»Da musst du schon unseren Befreier fragen«, erwiderte Donna verbissen, bevor sie blitzschnell aus der Deckung auftauchte und zwei kurze Feuerstöße abgab.

»Das habe ich mir noch nicht überlegt«, gestand Will mit verlegenem Lächeln. »Ich dachte, ich befreie euch erst mal, und dann …«

Eine MPi-Garbe hagelte heran. Diesmal aus einer anderen Richtung. Wir warfen uns flach zu Boden, während die Projektile über uns hinwegzischten.

»Dann solltest du dir aber schnell was überlegen«, versetzte Donna atemlos. »Diese Kerle sind dabei, uns einzukreisen. Wenn die uns erst ins Kreuzfeuer nehmen …«

»Das wird denen schlecht bekommen«, knurrte Will und gab eine Garbe in Richtung der Hausruinen ab, die jenseits der Straße lag. Unsere Gegner zeigten sich davon wenig beeindruckt.

Hier und dort sah ich dunkle Schatten zwischen den Ruinen umherhuschen. Sie zeigten sich zu kurz, als dass man auf sie hätte feuern können, aber sie waren da.

Und sie kamen näher …

Lisa, die junge Schwarze, schrie laut, als erneut eine MG-Garbe in den Lkw schlug. Donna gab ein paar ungezielte Schüsse in Richtung der Ruinen ab, während Will und ich die Kerle auf dem Parkplatz unter Beschuss hielten. Auch von dort pirschten sich die Feinde an, nutzten jedes Trümmerstück und jedes Autowrack als Deckung.

Ricardo rief seine Befehle, trieb seine Leute erbarmungslos an.

Uns blieb nichts, als uns erbittert zur Wehr zu setzen. Zwar bemühten wir uns, die Angreifer nur kampfunfähig zu schießen und ihr Leben zu schonen, doch war dies in der Hitze des Gefechts nicht immer möglich.

Doch allmählich ging unsere Munition zur Neige …

Donnas MPi war die Erste, deren Kammer nur mehr ein hohles Klicken von sich gab. Die Ersatzmagazine waren alle aufgebraucht. Alles, was wir noch hatten, war das, was sich in den Magazinen von Wills und meiner Waffe befand.

Rasch gesellte sich Donna zu unseren zivilen Schützlingen und schirmte sie tapfer mit ihrem Körper, wie es ihre Pflicht war als FBI-Agentin, die geschworen hatte, das Leben der Bürger dieses Landes zu schützen. Will und ich feuerten indessen weiter, bemühten uns, die wenigen Kugeln, die uns noch verblieben, möglichst sparsam einzusetzen.

Unsere Feinde kamen immer näher. Schon waren sie nur noch einen Steinwurf entfernt. Da die Gangmitglieder fast alle unter Alkoholeinfluss und Drogen standen, waren sie nicht sehr treffsicher. Nur diesem Umstand hatten wir es wohl zu verdanken, dass wir überhaupt noch lebten. Doch wenn diese Kerle noch näher kamen, würden auch sie irgendwann treffen, das stand fest.

»He, Mann – die Sache ist echt verdammt krass!«, rief Will mir zu. Noch ein Mal feuerte er. Dann war auch sein Magazin leer.

Ich gab einen gezielten Feuerstoß auf die in Leder gekleideten Killer ab. Die Garbe fuhr mitten unter sie und brachte zwei von ihnen zu Fall. Doch es waren einfach zu viele.

Noch einmal zog ich den Stecher durch, doch auch meine MPi gab nur noch ein hohles Klicken von sich.

Aus.

Vorbei.

Alles, was uns jetzt noch blieb, um uns zur Wehr zu setzen, waren unsere bloßen Fäuste. Und die zeigten gegen Maschinenpistolen herkömmlich wenig Wirkung …

Ich sah den gequälten Blick, den Will mir zuwarf, erkannte das unendliche Bedauern, das darin lag. Ich deutete ein Kopfschütteln an. Will hatte sich nichts vorzuwerfen. Der Kleine hatte getan, was er tun konnte.

Wir hörten das triumphierende Geschrei unserer Gegner, die sich überschlagende Stimme von Diego Viscar, der ihnen befahl, unsere Stellung zu stürmen und uns alle zu massakrieren.

Doch plötzlich gewahrten wir noch etwas anderes.

Es war wie ein dumpfes Brausen, das plötzlich aus der von Rauch und Staub durchsetzten Luft drang. Das Brausen veränderte sich, wurde auch lauter und zum Schlagen von Rotorblättern, und wir sahen, wie sich vier Helikopter aus der Dunkelheit niedersenkten und dann drohend über dem Platz verharrten.

Die Maschinen waren dunkelblau lackiert. An der

Unterseite ihres Rumpfes prangten drei Buchstaben, die mein Herz vor Freude hüpfen ließen.

FBI …

Unter den Gangmitgliedern brach blanke Panik aus. Der Angriff, den sie noch vor Sekunden entschlossen vorgetragen hatten, kam ins Stocken. Plötzlich waren nicht mehr wir die Ziele ihrer Kugeln, sondern die großen Metallvögel, die sich langsam herabsenkten und mit ihren Rotorblättern die Luft geißelten.

»FBI!«, erscholl es aus dem Außenlautsprecher einer der Maschinen. »Sie sind alle verhaftet! Legen Sie augenblicklich die Waffen nieder und ergeben Sie sich!«

Die Gangster dachten nicht daran, der Aufforderung Folge zu leisten. In ihrem Drogenrausch und ihrer Besessenheit feuerten sie wie wild auf die vier Maschinen.

Ein Maschinengewehr, auf einem der Lkw montiert, hämmerte Tod und Verderben in den Himmel. Die Leuchtspurgeschosse zuckten empor und hagelten in das Heck eines Hubschraubers. Rauch quoll daraus hervor, und die beschädigte Maschine musste abdrehen, zog schlingernd davon.

Dafür setzten die anderen Helikopter zum Angriff an. Das Bord-MG einer der Maschinen erwiderte das Feuer. Die Garben stießen vom dunklen Himmel herab auf den Lkw mit dem MG zu. Und der Lastwagen verging in einer grellen Explosion.

Die Sangres schrien, völliger Tumult brach unter ihnen aus. Von den Helikoptern wurden Seile herabgeworfen, an denen Angehörige eines FBI Special Squad herabglitten.

Sie steckten in blauen Overalls, und mit ihren

schusssicheren Westen, den Helmen und den MPis vom Typ HK 5 waren sie für Einsätze wie diesen bestens ausgerüstet. Die Bandenmitglieder hatten keine Chance.

Eine nicht geringe Anzahl von ihnen wurden von den Kugeln der Special-Squad-Kämpfer niedergestreckt. Der Rest begriff endlich, was die Stunde geschlagen hatte, und sie ließen ihre Waffen fallen und wollten die Flucht ergreifen. Doch sie wurden von den Special Teams eingeholt und verhaftet.

Will, Donna und ich beteiligten uns an der Aktion. Als vier Bandenmitglieder geradewegs in unsere Richtung flüchten wollten, stellten wir uns ihnen entgegen und schalteten sie durch gute alte Handarbeit aus. Sogar Mike und Lisa setzten einen der Kerle schachmatt, indem die junge Frau ihm ein Bein stellte und Mike – wahrscheinlich zum ersten Mal in seinem Leben – seine Akademikerfaust benutzte.

Der Widerstand der Sangres brach zusammen.

Sie wurden verhaftet und abgeführt. Will, Donna und ich eilten zu den Helikoptern, die inzwischen gelandet waren. Bei einer der Maschinen stand G-man Harry Wild vom Field Office L.A., der den Einsatz leitete.

»Harry!«, brüllte Will erfreut und begrüßte seinen Kollegen mit Schulterschlag. Auch wir anderen waren erleichtert. Wir hatten verdammtes Glück gehabt, dass die Kavallerie gerade im richtigen Moment eingetroffen war.

»Ihr müsst euch die Kerle schnappen!«, sagte Donna, die wie immer kühl und beherrscht wirkte. »Die Sangres haben Killertrupps in den ganzen Bezirk entsannt!«

»Wird sofort weitergegeben!«, versicherte G-man Harry Wild. »Wir haben Verstärkung aus Seattle und

Frisco erhalten. Damit sollten wir die Situation unter Kontrolle kriegen.«

»Wie konntet ihr uns finden?«, fragte ich ihn. »Woher wusstet ihr, dass wir in dieser Gegend sind?«

»Wir haben einen Tipp erhalten«, erklärte Harry Wild mit breitem Grinsen. Er trat zur Seite, um den Blick auf das Innere des Helikopters freizugeben.

Dort lag – ich traute meinen Augen nicht – ein trotz seines Beinbruchs übers ganze Gesicht grinsender Phil Decker.

»Hallo, Partner!«, rief er. »Hast du gedacht, ich lass dich nur wegen eines läppischen Knochenbruchs im Stich?«

Ich schaute Phil an, dann schüttelte ich den Kopf und lachte. »Nein, Alter! Das dachte ich nicht. Nur haben wir ...«

Weiter kam ich nicht.

Denn in diesem Moment erklangen plötzlich wieder Schüsse und hektisches Geschrei, dazu war röhrender Motorenlärm zu hören.

Wir fuhren herum, sahen, wie einer der gepanzerten Pick-ups mit rasender Geschwindigkeit über den Parkplatz schoss, geradewegs auf die Reihen der Squad-Kämpfer zu. Die Männer feuerten, doch ihre Kugeln prallten wirkungslos von den Stahlplatten des Pick-up ab. Im nächsten Moment durchbrach der Wagen die Reihen der FBI-Kämpfer, die nichts tun konnten, als sich zur Seite zu werfen. Auf der Plattform des Pick-up stand der höhnisch lachende Ricardo, mit einer Maschinenpistole um sich schießend. Zwei Squad-Kämpfer streckte er nieder.

Einen Herzschlag später hatte der Pick-up das Gelände verlassen und schoss in wildem Slalomkurs die von Trümmern übersäte Straße hinab.

»Viscar!«, stieß ich hervor. »Er saß am Steuer! Der

verdammte Mistkerl will sich erneut aus dem Staub machen!«

»Wir werden es verhindern«, knurrte Will. »Bereit für eine kleine Spritztour, Jeremias?«

»Aber immer doch«, erwiderte ich grimmig. »Und nenn mich verdammt nochmal nie wieder Jeremias!«

Sekunden später saßen wir auf Wills Harley und schossen mit atemberaubender Geschwindigkeit durch die dunstige Nacht.

Die Straßen waren von Hindernissen übersät, doch mit traumwandlerischer Sicherheit steuerte Will seinen Feuerstuhl zwischen den Trümmern und Autowracks hindurch.

Wir konnten den Pick-up, mit dem Viscar und Ricardo flüchteten, bereits vor uns ausmachen. Und wir holten rasch auf.

»Festhalten!«, rief Will mir gerade noch zu, ehe sich sein Motorrad aufstellte und auf dem Hinterrad beschleunigte. Mit halsbrecherischem Tempo schoss die Maschine vor, schien einen Satz durch die Luft zu machen, ehe sie wieder auf beiden Rädern landete.

Rasch kamen wir an den Pick-up heran. Ricardo kauerte mit der MPi in den Händen auf der Ladefläche.

Mit einem wilden Schrei sprang er auf und eröffnete das Feuer auf uns. Die flackernden Mündungsflammen beleuchteten sein hassverzerrtes Gesicht. Ich vermochte nicht zu sagen, was den jungen Latino zu dem gemacht hatte, was er war. Ich wusste nur, dass ihm alles Menschliche, dass ihm alle Skrupel verloren gegangen waren. Ebenso wie dem Mann, der den Pick-up lenkte.

Will schlug wilde Haken, um den Kugeln auszuweichen. Sie nagelten auf den Asphalt, jaulten als Querschläger davon, schlugen in die Autowracks, die am Straßenrand standen.

Ich hob die MP-5, die ich mir von einem der Squad-Leute hatte geben lassen, und nahm jetzt meinerseits den Pick-up unter Beschuss.

»Mierda!« brüllte Ricardo laut. Noch einmal feuerte er, und Will wich aus. Die Kugeln verfehlten uns nur um Haaresbreite. Dann ging alles so schnell, dass ich es kaum begriff.

Mit atemberaubendem Tempo jagte der Pick-up die Straße hinab, dicht gefolgt von Wills Harley Davidson. Wieder schoss ich – und traf Ricardo!

Er ließ die MPi fallen, krümmte sich zusammen, wobei er aus der knienden Haltung in die Höhe schoss.

Das war sein Ende. Er bekam das Übergewicht, stürzte über die Ladeklappe und schlug auf den brüchigen Asphalt, wo er sich mehrmals überschlug.

Will brachte das Kunststück hin, dem Körper gerade noch im letzten Moment auszuweichen.

Dann zog er die Maschine näher und näher an den Pick-up heran, bis er schließlich neben dem Wagen herfuhr.

Der Gangsterboss am Steuer bemerkte uns, wollte das Lenkrad herumreißen und Will von der Straße rammen.

Bevor er es schaffte, sprang ich vom Sattel der Harley und landete auf der Ladefläche des Pick-up.

Dann riss Viscar das Steuer nach links, um Will zu rammen. Für den Jungen hätte es das sichere Ende bedeutet, doch im letzten Moment gelang es ihm, auszuweichen, und Viscars Rammstoß ging ins Leere.

Ich hockte mich an die Rückwand des Führerhauses, wo sich ein kleines Fenster befand. Ich zog die

SIG, die Phil mir gegeben hatte, zertrümmerte das Glas mit dem Griff und steckte meine Waffenhand durch das Fenster.

»Sofort anhalten, Viscar!«, brüllte ich und drückte ihm die Pistolenmündung an den Hinterkopf. »Ihr Spiel ist aus, Sie verdammter …«

Weiter kam ich nicht.

Der Schurke reagierte augenblicklich und stieg in die Eisen.

Die Bremse des Pick-up kreischte, und ich wurde nach vorn geschleudert, prallte mit dem Kopf gegen das Führerhaus, war einen Augenblick lang benommen.

Die SIG hatte ich verloren. Sie hatte sich meinen Fingern entwunden, als ich mit dem Kopf aufgeschlagen war.

Viscar hatte mehr Glück als Verstand gehabt. Hätte ich bei dem Aufprall den Finger gekrümmt, würde jetzt sein Gehirn an der Windschutzscheibe des Pick-up kleben.

Er riss die Fahrertür auf, stellte sich neben den Wagen und schrie: »Cotton! Ich habe endgültig die Schnauze voll von dir!«

Ächzend und stöhnend kam ich halb hoch, wandte den Kopf – und sah, dass Viscar meine SIG in der Faust hielt.

Er richtete sie auf mich, und ich war zu benommen, um noch etwas unternehmen zu können. Ich hatte eine schlimme Gehirnerschütterung davongetragen.

»Jetzt blas ich dich aus, Cotton!«, schrie der Gangster. »Du kommst mir nie wieder in die Quere!«

»Da … ist nur … ein Problem«, brachte ich mit schwacher Stimme hervor.

Viscar war verdutzt. »Und welches?«

»Von mir … gibt's zwei!«

Viscar begriff erst, als er das Röhren der Harley Davidson wahrnahm. Er wirbelte herum, sah Will auf der Maschine auf sich zu rasen.

Viscar riss die SIG hoch, wollte Will von der Harley schießen. Noch war die Maschine weit genug entfernt.

Aber auch Will hatte seine SIG Sauer gezogen, und er schoss, während er einhändig lenkend auf Viscar zu raste.

Drei Mal zog er den Stecher durch.

Drei Mal hämmerte und ruckte die SIG in seiner Faust.

Drei Mal wurde Viscar getroffen.

Aber er kippte nicht um, obwohl die Kugeln in seine Brust eingeschlagen waren. Er ließ auch den Waffenarm nicht sinken, drückte nun ebenfalls ab.

Aber er war nicht mehr in der Lage, zu zielen. Die beiden Schüsse gingen fehl.

Dann hatte ihn die schwere Harley Davidson erreicht. Will stieg zwar noch in die Eisen, aber es war zu spät.

Das schwere Motorrad rammte gegen Viscars Körper, riss ihn nieder, überrollte ihn.

Dann kippte die Harley um. Will konnte sie nicht mehr unter Kontrolle halten. Er sprang aus dem Sattel und überschlug sich wild, während die Harley funkensprühend über die Straße schlitterte.

Davon bekam ich kaum noch was mit. Bei mir gingen die Lichter aus …

Als ich wieder zu mir kam, lag ich auf der Ladefläche des Pick-up. Ich schlug die Augen auf und blickte in Wills blutüberströmtes Gesicht.

Doch dieses Gesicht grinste mich breit an.

»Na, wieder unter den Lebenden?«, fragte er mich.

»So halbwegs«, stöhnte ich. »Junge, du siehst ganz schön beschissen aus.«

Will schüttelte den Kopf. »Warum musst du immer auf mir rumhacken, Jeremias?«

»Ich meine das viele Blut.«

Er berührte mit den Fingerspitzen seine Stirn, wo eine Platzwunde klaffte, aus der ihm das Blut übers Gesicht lief. »Halb so wild«, erklärte er. »Nur ein Kratzer. Viel schlimmer ist, was mit meiner Harley passiert ist. Damit Gangster zu überrollen muss ich erst noch üben.«

»Viscar?«, fragte ich.

»Jep«, bestätigte Will.

»Er ist erledigt?«

»So erledigt, wie man nur sein kann.« Er grinste wieder. »Ich hab ihn im wahrsten Sinne des Wortes platt gemacht.«

Ich wollte den Kopf schütteln, doch die Birne tat mir einfach zu weh. Ich hatte eine mächtige Gehirnerschütterung abgekriegt, und ich musste auch gegen die Übelkeit ankämpfen, um mich nicht zu übergeben.

»So redet man nicht über Menschen«, sagte ich deshalb nur.

»He!«, rief Will empört. »Der Arsch hat immerhin meine Harley kaputtgemacht!«

Ich schaute meinen Neffen an, wusste nicht, was ich darauf sagen sollte. Inmitten all dieses Chaos und der Zerstörung brachte er es tatsächlich fertig, nur an sein Blech zu denken!

Aber so war er eben. Und er hatte irgendwie auch Recht.

Das Leben ging nun mal weiter. Die Toten würde man beerdigen, die Ruinen niederreißen, die Häuser wieder aufbauen. Dann würde wieder Leben in die betroffenen Stadtviertel ziehen.

»He, Jeremias«, sprach mich Will wieder an.
»Ja«, stöhnte ich.
»Du hast ganz schön was abgekriegt, nicht wahr?«
»Schätz ich mal.«
»Scheint 'ne arge Gehirnerschütterung zu sein.«
»Ja, scheint so.«
»Mit sowas kann man nicht Auto fahren.«
»Worauf – worauf willst du hinaus?«
Will zuckte mit den Schultern, grinste wieder unverschämt. »Na ja, solange du dich im Krankenhaus auskurierst und meine Harley in der Werkstatt repariert wird, wäre es da nicht möglich …«
»Was?«, fragte ich.
»Na, dass du mir deinen Jaguar leihst?«
Ich musterte ihn sehr ernst, und das Grinsen verschwand aus seinem Gesicht. »Will …«, knurrte ich.
»Ja?«
»Nenn mich nie wieder Jeremias!«

Bei Tagesanbruch trafen die ersten Einheiten der Nationalgarde im Katastrophengebiet ein. Mit ihrer Hilfe gelang es der Polizei und den Sicherheitsbehörden rasch, wieder die Kontrolle über die Südviertel zu gewinnen.

Pioniertrupps, die von der Armee angefordert worden waren, halfen den Katastrophendiensten dabei, die Straßen zu räumen, und schon bald konnten die ersten Rettungsteams in die am schwersten betroffenen Bezirke vordringen.

Die Bilanz des Bebens war dennoch verheerend.

Mehr als 30.000 Häuser waren völlig zerstört worden, rund eine halbe Million Menschen war obdachlos geworden. Und es gab rund 5.000 Todesopfer zu beklagen. Viele der Armen und Ärmsten, die in den

Slums von Los Angeles gehaust hatten, blieben unbetrauert und ohne Namen.

Auf bizarre Weise hatte sich Diego Viscars makabre Theorie bewahrheitet. Die Zahl der Toten in jener Nacht wurde tatsächlich nie genau festgestellt.

Schon kurze Zeit später jedoch wurde mit dem Wiederaufbau der zerstörten Viertel begonnen.

Und eine Welle der Hilfsbereitschaft, die das ganze Land von der Ostküste bis hinüber zu den Rocky Mountains und bis hinauf zu den großen Seen erfasste, sorgte dafür, dass der Aufbau rasch vonstatten ging.

Was die Menschen betrifft, denen wir in jener Nacht begegnet waren – der alte Chester Barnes bekam tatsächlich den Orden verliehen, den Phil ihm versprochen hatte.

Vom stellvertretenden FBI-Direktor erhielt Chester in Washington die Ehrenmedaille des FBI, ebenso wie Mike Drexler und Lisa Jones.

Will, Donna, Phil und ich waren bei der Zeremonie anwesend.

Die letzten Wochen hatten Phil und ich im Krankenhaus verbringen müssen und die Zeit damit totgeschlagen, indem wir mit den hübschen Krankenschwestern um die Wette geflirtet hatten. Als wir das Krankenhaus verließen, betrug Phils Ausbeute drei Telefonnummern, meine gleich vier.

Wenn wir jemals wieder in L.A. zu tun hatten, würden wir nicht in Hotelzimmern übernachten müssen.

Jedenfalls dinierten wir am Abend nach der Auszeichnung durch den FBI-Direktor auf Kosten unserer ›Firma‹ in einem der besten Restaurants von Washington.

»Sagt mal«, meinte Will, während er skeptisch da

Hors d'oeuvre auf seinem Teller betrachtete, »gibt's dazu kein Ketchup?«

»Das ist Pastete, du Ignorant«, zischte ihm Donna zu. »Benimm dich gefälligst!«

»Auf unsere Helden«, sagte ich, um schnell das Thema zu wechseln, und hob mein Glas. »Auf Chester, Lisa und Mike, die uns beigestanden haben.«

»Eigentlich war's ja eher umgekehrt«, meinte Mike und griff ebenfalls nach seinem Glas.

»Was ist mit dem Job, den man dir in Aussicht gestellt hat?«, fragte Will, nachdem wir angestoßen hatten. »Wirst du ihn bekommen?«

»Naja.« Mike schürzte die Lippen. »Sie überlegen noch. Aber ich denke, es sieht ganz gut für mich aus. Mann, ich kann es kaum fassen!«

»Was ist das denn für ein Job?«, erkundigte sich Lisa.

»Ein leitender Posten«, antwortete der junge Wissenschaftler ausweichend und errötete leicht.

»Möchtest du mir bei Gelegenheit davon erzählen? Vielleicht bei einer Tasse Kaffee oder ...«

»Gern«, versicherte Mike, noch ehe die junge Frau den Satz beenden konnte, und er nickte eifrig.

Ein zauberhaftes Lächeln glitt über Lisas hübsches Gesicht.

»Und – und was ist mit mir?«, rief Will. »He, Lisa! Was ist mit mir? Wollen wir nicht auch mal eine Tasse Kaffee ...? Oder was anderes?«

»Ich dachte, du kannst jede haben?«, spottete Donna.

»Kann ich auch!«, behauptete Will.

»Nur nicht die, die du haben willst, was?«

»He – was meinst du denn damit?«

»Mich zum Beispiel kriegst du nicht«, behauptete Donna.

Will riss empört die Augen auf. »Aber das … das … Verdammt, Donna! Das ginge wohl auch zu weit. Du bist immerhin meine Dienstpartnerin!«

»Behalte das auch immer gut in Erinnerung«, mahnte Donna.

»Verdammt«, knurrte Will und verzog verdrießlich sein Gesicht. »Allright – wink mal jemand dem Ober! Ich will mein Ketchup haben!«

Epilog

»Nach allem, was geschehen ist, habe ich mit vielem gerechnet. Mit einem Rauswurf. Mit Berufsverbot. Aber gewiss nicht damit, dass man mich nach der Entlassung von Dr. Fellner und Mr. Greenbay zum neuen Leiter des Instituts für seismologische Forschungen machen würde.

Aber wie sagt man so schön: Unverhofft kommt oft. So wie das Beben, das uns alle aufgeschreckt und wachgerüttelt hat. Es hat uns einmal mehr gezeigt, dass sich die Natur nicht bändigen lässt, dass wir alle machtlos sind gegen die schrecklichen Kräfte, die in ihr wohnen.

Die zerstörten Gebiete unserer Stadt werden wieder aufgebaut, und trotz aller Schrecken jener Nacht, trotz der vielen Todesopfer, die wir zu beklagen hatten, werden die Menschen vergessen. Sie werden vergessen, was in jener Nacht geschehen ist, schneller, als wir es jetzt wahrhaben wollen.

Für mich jedoch wird diese Nacht für immer in Erinnerung bleiben.

Ich habe Dinge gesehen und erlebt, die ich nie vergessen werde, die sich unauslöschlich in mein Gedächtnis eingebrannt haben.

Und ich habe viel gelernt.

Gerade deshalb werde ich alles daran setzen, um dafür zu sorgen, dass sich eine Katastrophe wie in jener Nacht nicht wiederholt. Dieses Beben wird nicht das Letzte gewesen sein. Es kann jederzeit wieder passieren.

Aber das nächste Mal werden wir vorbereitet sein.

Wir haben aus unseren Fehlern gelernt und werden sie nicht wiederholen.

Wir werden alles dafür tun, dass die Bürger dieser Stadt wieder sicher leben können.

Wir werden wachsam sein.

Das verspreche ich …«

Aus Dr. Mike Drexlers Antrittsrede gehalten vor dem wissenschaftlichen Beirat des Instituts für seismologische Forschungen, L.A.

ENDE

Black Metal – Sound des Todes

Black Metal – das ist eine Musikrichtung, aber auch eine Szene, in der die Hölle, Gewalt und Totschlag verherrlicht werden. Die Black-Metal-Bands feiern in ihren Texten Brutalität und den Teufel und rufen auf zu Gewalt gegen Farbige und Andersdenkende.
Der Mord an einem Journalisten bringt die FBI-Agenten Jerry Cotton und Phil Decker auf die Spur einer Black-Metal-Band, die sich ›The Duke of Hellfire‹ nennt. Bei ihren Ermittlungen tauchen sie ein in die finsteren Abgründe von Rechtsradikalismus und Satanismus – und bald stehen ihre Namen auf der Todesliste der fanatischen Black-Metal-Jünger …

ISBN 3-404-31484-0

BASTEI LÜBBE

In der Dubliner Entbindungsklinik bringt Sandra O'Brien, die Ehefrau eines irischen Industriellen, ihr lange ersehntes Baby zur Welt. Zur gleichen Zeit geschieht in der Klinik ein rätselhafter Mord. Die Tatwaffe, ein Skalpell, deutet auf einen Täter aus dem Umfeld des Krankenhauses hin. Steht die Bluttat in einem Zusammenhang mit der Geburt des jüngsten Sprosses der einflußreichen Familie? Während die Polizei sich verzweifelt bemüht, den Skalpell-Mörder zu finden, beginnt ein Albtraum, der die gesamte irische Öffentlichkeit elf Tage lang in Atem hält.

›Hochspannung pur. Ein Glanzstück aus der Gattung der Thriller.‹ *FRANKFURTER RUNDSCHAU*

ISBN 3-404-14595-X

BASTEI
LÜBBE